·全民微阅读系列·

倔强的青春

崔楸立 著

江西高校出版社

图书在版编目（CIP）数据

倔强的青春 / 崔楸立著 . — 南昌：江西高校出版社，2017.1（2021.1重印）

（全民微阅读系列）

ISBN 978-7-5493-5059-9

Ⅰ. ①倔… Ⅱ. ①崔… Ⅲ. ①小小说—小说集—中国—当代 Ⅳ. ① I247.82

中国版本图书馆 CIP 数据核字（2017）第 017691 号

出 版 发 行	江西高校出版社
社　　　 址	江西省南昌市洪都北大道96号
总编室电话	（0791）88504319
销 售 电 话	（0791）88592590
网　　　 址	www.juacp.com
印　　　 刷	永清县晔盛亚胶印有限公司
经　　　 销	全国新华书店
开　　　 本	700mm×1000mm 1/16
印　　　 张	14
字　　　 数	160千字
版　　　 次	2017年1月第1版 2021年1月第2次印刷
书　　　 号	ISBN 978-7-5493-5059-9
定　　　 价	45.00元

赣版权登字 -07-2017-36

版权所有　侵权必究

图书若有印装问题，请随时向本社印制部(0791-88513257)退换

目录

第一辑　情警万象 / 1

定军山 / 1

一号线 / 6

星河 / 11

回头是岸 / 16

反恐精英 / 19

背影 / 22

追寻 / 26

惊梦 / 30

向阳花 / 34

小侦查员 / 38

寻找好人 / 42

救助 / 45

暖情 / 48

老茶 / 53

连锁反应 / 57

卢达比老人 / 61

第二辑　人在江湖 / 67

快刀 / 67

王者之剑 / 70

金阙斧 / 74

布衣神枪 / 78

夺命铜 / 82

闭月弓 / 86

纯卢戟 / 91

枣阳槊 / 96

化云镗 / 100

虎头钩 / 104

琴义 / 108

计中计 / 112

江湖 / 116

行者棒 / 121

醉拳张三爷 / 125

金刀 / 129

太极 / 134

裴道姑 / 138

齐眉棍 / 142

快刀又见快刀 / 146

第三辑　流光溢彩 / 150

红孩子 / 150

倔强的青春 / 154

闪光的年华 / 158

苏文亮的方程式 / 161

追悔莫及 / 165

浮躁的夏日 / 169

寻找幸福 / 172

江南 / 175

朋友 / 180

哈利波特的魔法石 / 184

一枝花 / 190

沂蒙山小调 / 194

向着东方 / 198

清明 / 202

圆月 / 205

指导员蔡晓明 / 209

拜年 / 214

第一辑　情警万象

> 戏剧性的故事存在于某些生活片段中间，让人们捉摸不定，非比寻常，却时不时沁人心脾，令人伤痛悲喜，曲折过后仍然是让人难忘。

定军山

"黄高干"就端详自己的一双手来，脸上呈现出的表情特复杂，谁都看不出他在想什么。

我从城区派出所调入治安支队先是做了两个月内勤，后来反扒大队官大队见我还算机灵，就把我给要了过去。"反扒"这个活有许多讲究，里面好多事儿涉及机密不好讲出来。都看过《天下无贼》这部影片吧？真还和现实差不多，葛优演的那个叫"黎叔"的大盗，这样的狠角色我就遇到过，但他不叫"黎叔"，道上人都喊"黄叔"。

倔强的青春

我到反扒大队不久就接了个活儿，市局统一部署"身边小案集中破案行动"，近期舒城市公交车扒窃案件频发，群众反响强烈，市局领导要求，各治安支队抽调各县，分局精干力量，趁着活动的东风把这个影响恶劣的系列案查破了。

做警察我不是新人，但反扒却是名新手，宫队就让我跟着他先练练，我们负责的是15路公交车。15路公交车首发站是地质公园，终点站是舒城一中，途径二十三个站点，最复杂的一站就是莲湖大厦，这个站客流量大，在这个时候作案往往不易被察觉，即使被察觉也能在这种特殊环境下逃之夭夭。

我家距离莲湖大厦才两站路，因此我每天直接上15路坐两站路再和宫大队会合，我俩一个车头一个车尾，这样便于观察也利于行动。

我是在第三天头上遇到"黄高干"的，看年龄"黄高干"与我家老爷子差不了几岁，得喊他黄叔或者老黄。但黄高干显然不喜欢那种俗称谓，他说他以前是在西北某省做过厅局书记，置换成部队军衔那就是少将级别的，我看到有个买菜的妇女喊他"黄高干"，我就跟着喊"黄高干"，显然他对这个称谓比较满意。

我和"黄高干"这排就两个座儿，他无论什么时间都是雷打不动的坚持坐他那个座儿，即使别人先坐在那里，他就过去和人家商量换座，或者就站几站等着对方走了，他再坐上去。

这样我俩由开始的点头示意，到后来互相说几句话，

第一辑　情警万象

再后来就熟悉到可以尽情畅谈了,并互相主动给对方占座。"黄高干"有个爱好,就是喜欢京戏,有戏瘾,每天手里握着个黑色随身听,不带耳塞,声音播放得适中。

"黄高干"自我欣赏的时候,有时也发几句老感慨:国粹呀!真是国粹呀,得继承。言语带着遗憾与责任感。

他见我不搭腔,就有些卖弄地问我:知道刚放的哪段吗?

我说:空城计?

耶,行呀,魏老师。(我和"黄高干"说自己是数学教师,姓魏)

再听这一段,"黄高干"又摁了下"播放"键,我听完说,赤桑镇。

哟,魏老师,不错,现在像你这个年龄知道京剧的不多了,这叫什么?老生。"马谭杨奚"这几个人都有谁?清楚不?他越说越有兴致,倒给我上开京剧课了。

我与"黄高干"都是坐到终点站,下车后,我去一中方向,"黄高干"则去一中对面的鼓楼戏院听京戏。

这样过了一个月,我和宫队这边没有发现什么可疑情况,别的小组也是如此。

是不是流窜作案?或者出现了什么纰漏?

大队经过分析判断后,犯罪嫌疑人应该还在舒城,他(她)不可能隐藏太久,应该会继续作案,这就看谁能坚持,谁坚持到最后谁就能取得胜利。

进入六月份雨季,我连续两天在车上没有遇到"黄高干",我没有想太多,谁没有个大事小情,觉得这很

倔强的青春

正常。不过就在这两天里，10路、12路车相继发生了七起盗窃案，涉案金额达两万多，其中一位外宾被人撸走手腕上价值不菲的手镯，竟然都没有丝毫察觉，包括跟车的民警都没发现可疑情况，真玄了，遇到高手了。

"麻痹就在一瞬间，你俩懂不懂，一瞬间！"宫大队狠批着跟车的大刘和胖郭，我有点幸灾乐祸的冲他俩笑了笑。在食堂吃饭时我惬意地哼了几句京剧，胖郭见状，用手摁了我一下头："你再唱空城计我扁死你。"

"我说你小子也还明白京剧呀？"

"哼，在公交车上那老头没来没去地放。"

我一听，一口米汤喷了出来。

傍晚，我特意坐公交去了鼓楼戏院，此时演出还没有开始，观众寥寥。今天演出的曲目是《定军山》，我找了个离着戏台较远的位置坐下来。戏刚开始我看到"黄高干"背着手笃定的身影，他的随身听应该放在休闲裤右侧兜内。戏曲到最高潮的时候，"黄高干"惬意地仰着头，右手食指轻点着大腿和着锣鼓点儿。演员谢幕后，偌大的剧场就剩下我们俩，他回过头，说：魏老师。

我走过去坐在他身后说：我是继续称呼您"黄高干"，还是"西北盗王黄汉升"？

"黄高干"摇了摇头：那都过去了，不值得提了，怎么就你一个？

我今天是来听戏的，明天才是我们正式见面的日子。

小魏，你干这行还浅，一中有几个老师不戴近视镜？还有那些自命清高的老师有几个能对我这样的老头子这

4

第一辑　情警万象

么勤谨的？

还有呢？我问。

你们都有股气，只有我们能感受出来的气。

我只好笑，其实我笑得非常勉强。

"黄高干"起身，整理下衣服，今天的戏演得好，这个老黄忠呀！就是不服老呀！呵呵呵……

"黄高干"志得意满地从我身边走过去，他出了戏院门，消失在人流里。

第二天，我仍旧上了15路公交车，到了莲湖大厦站，正瞅见"黄高干"从人群里挤上了车，他上车后先是环顾了周围，然后扭过头来朝我先是笑了笑，继而伸出双手，手掌上托着两串项链和一个红钱夹。车上有人开始大叫：小偷呀，我的项链……喊声响作一团，宫大队先是愣了一下，随后冲了过去。

黄汉升承认了所有的案子，胖郭去他家里提取赃物回来，说：那简直就是个收藏馆，每件东西都有标注，哪里作的案，时间地点都写得特详细，和报案人都能吻合，省老大劲儿了。宫大队乐得合不拢嘴，请功报告写得有边没沿的。

半年后我去监狱探望黄汉升的时候，我问他：干吗不跑路？

黄汉升说：从解放到现在没有人从他身上拿走任何东西，可最后我输了。他问我还经常听京剧吗？

我说：经常听，那个随身听质量非常好，你出来的时候还可以用。

黄汉升说：没儿没女的不出去了，出去手就痒痒，忍了二十年最后还是没有忍住。

说罢，他就端详起自己的一双手来，脸上呈现出的表情特复杂，谁都看不出他在想什么。

一号线

不管"老要"以何种形式出现在我面前，我都会拿出一点难以启齿的钞票，去履行我人生中的一次善良。

从公大北门向北直行大概八百米就是地铁一号线，我们所有学员初来北京的时候，没有想过坐公交要比乘坐地铁更省力更经济，或者是公交的路线我们不清楚或更迷茫。我们经常或单独，或结伴从公大北门，过昆玉河，穿过熙攘嘈杂的月坛北街，到达木樨地地铁南口，然后混在人潮大流中奔赴各自的前方。

还有人说，来到北京不去挤挤北京地铁，那就是没有到过北京城。

尤其早上八点左右，那是地铁乘车的最高峰，人们直直地挤贴在一起，万分可怕又异常壮观！整个列车就像一根营养多肉的金华火腿。

纪小强有段关于挤地铁的笑话：说有两名刚从北京回来的妇女聊天，其中一个说，艾玛！北京地铁太可怕了，我刚怀孕三个月，坐了一趟地铁给挤流产了。另一

第一辑　情警万象

个说,拉倒,你够幸运的了,我挤了一次地铁,给挤怀孕了。

纪小强是山东人,好多同学说他像某位偶像派影星,我和小雪也无数次审视过,并在纪小强面前直接赞美,小强,你丫还真像总是被女人踹来踹去的那谁,那谁?那谁呗!

然后我俩就快乐不已。小雪是都匀人,贵州都匀,她说她那里是山美水美人更美,祖国西南部美丽的大花园。

说不清有多少次,我们三个人吃过晚饭,夸张地从北门并排走出去上地铁,一号线、二号线、五号线自由穿行。

我下面说的这件事真希望是我杜撰来的,可惜不是。

那天星期几已经记不清了。仍然是吃过晚饭,纪小强说,昨天晚上景姐几个人回来,在一号线车上和地铁艺人 high 了一把!

我羡慕不已,真的?

小雪点了点头,真的,我也看到景姐微博晒的图片,地铁少年一把吉他,一身潮装,发型奇异,声音歇斯底里。

我们渴望在京城的某处遇到那些凡人中的另类凡人,他们许是未来某个时期的焦点,或是因某种情形声名鹊起。这些凡人和我们一样,但他们和我们又不一样。我们和他们每天都会擦身而过,摩肩接踵,吉他少年啊!文艺青年,让我们相遇,我不想与你失之交臂。

那天让人非常失望,从木樨地站到四惠桥东来回两

倔强的青春

个多小时的时间里,我们都没有遇到吉他少年和类似吉他少年的人,我们如三只岸边搁浅的鱼在地铁内被人们推来搡去。

正当我们万分沮丧看不到曙光的时候,我们第七次遇到了老要。老要是纪小强给起的名字,这名字非常有创意。我们从第一天坐地铁开始,就注意到了老要,却从没真正像今天这么仔细注意过。

纪小强说,老要,你是哪里人?

老要嘿嘿的笑声中有些尴尬,说,老板,哪里人不重要,我们忒可怜的。

老要说着的时候,双手撑着哑铃般的木脚掌,亦步亦趋,他屁股以下什么都没有成锥形状,他怎么大小便呢?他身体高度超不到六十厘米,使我联想起到儿童时候的玩具小猴翻单杠。

老要说,老板哟,出车祸了,老婆没了,女儿六岁哟,吃饭哟,老板施舍些,善有善报哟!

老要所谓的女儿,头发又脏又乱,双眼慧黠,她趁老要和我们说话用小手去拽其他乘客的衣服。

毋庸置疑,这是一对假父女。

据某报记者深入调查,地铁内的乞讨者每年的收入最低六七万,有的甚至十几万。所以,在地铁里碰到乞讨者无论他们用什么伎俩,我都会保持一颗强悍鄙夷的心,一分钱都不会施舍给他们。

老要的出现弥补了我们没有遇到地铁少年产生的情绪落差。我想我们切实要做点什么的。老要在经过小雪

第一辑　情警万象

座位的时候，小雪赶忙向后退了几步，担心弄脏了她新买的百褶裙。女孩走过去，满脸可怜巴巴：阿姨，可怜可怜吧！晚上还没有饭吃呢！

我们知道这些都是假的，装的。这些要饭的，这些残疾人，小姑娘老头，他们背后都有组织，他们以此为业，好逸恶劳坑蒙拐骗，这种人无耻卑劣，令人唾弃。

在女孩哀求声里，小雪母爱之情大发，她果然从钱夹里掏出了十块钱，放到小女孩手中，别干了，回家吧！小女孩接过钱故作天真，干干地说声谢谢，小手麻利地把钱放到羽绒服内怀口袋，又继续扶着老要向车尾走。

小雪说，小姑娘长得好像我哥家的孩子。

我看到她眼睛里开始起雾，我"嗨"了一声，都妈的是骗子，一会儿老要就会从屁股底下生出两条腿来，在我们眼皮底下抱着小女孩跑个没影。

纪小强表示赞同，他十分肯定说，估计老要一家在王府井附近有栋豪宅，他们是高收入者，比我们有钱。小雪瞥了下眼睛，对我俩非常不屑。

我拍了下大腿，你不信是不是？咱们看看到底这两个人怎么回事行不行？

行！纪小强首先表示赞同。

小雪说，你们有钱就捐助点，少干点闲事好不好？

我和纪小强都是精力超盛的人，我们瞄准了的事情总是要探究个结果。

我们又等了一段较长的时间，目光随着老要父女在地铁里穿梭，最后等到地铁里人迹寥寥。老要和那个小

倔强的青春

女孩才挪动着走下列车，慢腾腾地向出口走。我们走过去跟在他们身后十几米的地方。

老要每动一下都显得非常吃力，高高的台阶出口，他鼓起腮，嘴巴紧闭，脖子上血管凸出，双手犹如两根遒劲的松树干，娴熟地攀上地铁出口。我看了下时间，老要出地铁口用了十七分钟，是我们常人的三倍。

老要在地铁口出了一口长气，扭头看到我们，他咧开大嘴笑了笑，他清楚我们跟踪他，明显加快了脚步——不，是手步。可他徒劳了，根本无法甩掉我们。

小女孩走两步回头看一看，走两步回头看一看。我们感觉到了她的害怕，她的脚步慌乱了，我们甚至听到了她紧张的呼吸声。

老要停下来，嗓门好大，老板哟，你们跟着我干啥？

你喊什么喊，谁跟你，顺路。我和纪小强盛气凌人的。小雪在后面拽了我一下，她本来就不支持我们，但自己回去又有些孤单，勉强跟在我俩后面。

我们又随着老要从繁华的街道上拐进一条狭窄的胡同，我想他们的居住地马上就到了，或许有人会出来接应他们，甚至拿着刀子和棒子和我们几个人干。

胡同愈走愈深，那个小女孩倒退了几步，她全身发抖，擦了一下鼻涕，忽然脱离开老要，对着高大健全的我们仨，扑通地跪了下来，真的，"扑通"一声。

老板，求求你，我们今天没弄来多少，真的没多少，昨天全都给你们了，真的，一分没留，别再打我们了，真的，老板，别再打了……她号啕大哭，脸埋在地上苦

第一辑　情警万象

苦哀求着。我们呆住了！纪小强想过去扶起小姑娘，可刚向前几步，小女孩尖叫一声吓得歪倒在地上。那晚没有月亮只有星光，女孩的眼神像一面泼过水的镜子将我们照亮。

在返回的路上，我们三个人谁也没有说一句话。木樨地到公大十分钟的距离我们仿佛走过了整个冬季。

小强回到宿舍就给家里女儿打电话，他的话多得让家人莫名其妙。那晚，我彻夜未眠点燃了人生第一支香烟。

从那以后，我和纪小强、小雪再没有一起出去过，十年后我们回忆起京城给我们的所有的欢愉和落寞，却唯独不敢讲述地铁一号线。

以后的日子里，我乘坐任何交通工具出差或旅行，仍然不期望遇到那些令人眼花缭乱的老要们。但是，不管他们以何种形式出现在我面前，我都会拿出一点难以启齿的钞票，去履行我人生中的一次善良。

星　河

星河燃进血色，初心不改，情怀永在。

母亲的入殓刚结束，陶子用孝衣擦了一把脸上的泪水，走到里屋的角落给丈夫打电话。"星河，你怎么还不过来？入殓你赶不上，明天早晨出殡前一定得赶回来，

倔强的青春

不然让街坊邻居怎么看我怎么看你？"

那头接着电话的陈星河在办公室里和几同事整理着案卷，嘴里答应着，好，好，我忙完就让所里人送我回去，放心吧！保准赶到！

忙，忙，忙，星河，我可告诉你，我家就你这么一个姑爷，平常你忙都行，可出殡你再不回来，我对娘家人怎么交代，是你一个派出所大头兵工作重要还是我母亲发丧重要。你爹妈早没了，孩子他姥姥拿你当亲儿子对待，你明天要不回来，看我和你没完。

南山镇派出所陈星河一手拿着电话，唯唯诺诺地应着。是呀，自己父母去世早，岳母在世的时候待自己如亲生儿子，孩子打小看到大，家里事儿没少操持，做女婿的却没为老人做什么，想想真愧疚。

陈星河已经五天没有回家了，先是搞案子值了两天班，第三天又赶上枪支治理统一行动，没有回家，第四天接到岳母脑梗去世的消息，晚上正想回家，新来的民警小刘的妻子剖腹产，所长去市里培训，所里就剩下他一位老民警带着三个协警，看着小刘猴急的样儿，就替了小刘的班，本指望所长回来可以脱身，哪知道临下班所长进办公室就摸后脑勺，脸上泛红，陈星河明白所长又要分配活，他赶紧在所长说话之前先开口："孩子他姥姥去世了，晚上入殓，明天出殡。"

所长脸上红云彩更浓了："噢，噢，去呗！去呗！"吭哧吭哧地又说，"陈哥，这不局里通知明天市局执法质量案卷考评，咱们所被抽上了，晚上我想让大家加加

第一辑　情警万象

班整理整理呢，你有事儿不能误了，我想辙我想辙。"

陈星河耳朵里听着手底下没闲着，麻利地脱下警服换上了便装，开门就向院外走，身后就听所长喊几个协警，今天晚上都别回去了，把案卷弄完了我请大家吃打卤面，几个协警回答得有气无力，连续上了好几天班了，谁不想回家好好休息休息，一个协警说："星河叔走了，谁会整理呀？"

所长没吱声。所长刚从刑警队调过来三个月，对派出所的业务方面还差点火候，许多活其实都是陈星河来做。

陈星河上了摩托车，骑出去两百米远，一拐把又折回了派出所。所长眼冒金光，"陈哥，你这是……"

"我加完班晚上你安排人把我送回去。"

案卷整理完已经是夜间十一点多了，陈星河把明天检查的东西都摆放好，然后向所长交待清楚，所长脸上带着歉意，说："陈哥，这几天把你折腾得够呛，咱所与其说我是所长，其实都仰仗着你了，明天局长过来，我再找找他，抓紧把你那个副所长落实了。"

陈星河勉强地笑了笑，用手揉了揉干涩的眼睛，所长的话说是捧自己其实也是在安慰自己，自己在这个山区派出所干了十多年了，这十多年局里调整职务和岗位，从没自己的事儿，开始陈星河心里窝火，赌气，也耍过小性子，可一年年磕磕绊绊地过来后，越来越看开了想透了。

"随缘吧！"

倔强的青春

"对，对，随缘，"所长附和了几声。

陈星河上了单位的吉普车，协警李伟给他点燃了一支烟，说："陈叔，岳母入殓你都不到场，你真有一套，回去婶子还不和你拼了，这派出所有你的什么呀？"

陈星河没说什么，是呀，派出所有自己什么呀？扪心自问，有什么？有自己摸爬滚打的日子，有自己沉甸甸的责任，有自己十多年汗血辛酸的付出啊！

车子拐过了一个山坳，李伟的手机响了，是所长打来电话，李伟接了一下又递给了陈星河："陈叔，所长电话"。

陈星河接了过来，同时发现自己的手机没电了。

所长说："陈哥，有村民举报，刘家坳的抢劫犯刘四辈刚从外地潜逃回家，不行你们折回来，我带人过去。"

陈星河沉默了一会儿，说："甭回去了，我们现在正离着刘家坳不远，我和李伟去，四辈他家情况我熟，有什么事儿再联系。"

电话挂了后，陈星河问李伟，车上有家伙没？

"一套防刺背心，手铐，别的没了？"

车子在一个岔口处向左拐，半小时后，接近了刘家坳，陈星河让李伟把车停在了村口，看了下手表，时间正是凌晨1点多，此时万籁俱寂，夜空繁星浩瀚。

陈星河把手铐装进裤袋，嘱咐李伟穿上防刺服，李伟不知从哪里又找出来一根木棍，两人一前一后地向刘四辈家走去。

刘四辈十五岁那年夏天大晌午一个人跑张家窑坑洗

第一辑　情警万象

澡，后来体力不支，眼看就要沉底，陈星河正好骑摩托车下乡，正看到了，跳下去把他给捞了上来，刘四辈从此将陈星河当亲人，见面就是陈叔长陈叔短，这小子初中辍学后，游手好闲混了社会，前年在外省抢劫伤人被网上通缉，陈星河一年里没少到他家给他爹妈做工作，期望他能够投案自首，争取宽大处理。

俩人不一会儿摸到刘家门口，陈星河让李伟守着大门，自己跳上墙去，在墙头上张望了一下，刘家三间屋子，刘四辈爹妈住东屋，刘四辈如果在家就应该在西屋，陈星河这一年没少来，自然轻车熟路了。

他进院打开大门，让李伟进来，两人蹑手蹑脚地穿过院子，一推里屋门，还不错，没有上插销，进了里屋，陈星河想，抓住刘四辈先骂这小子几句，怎么这么不长脸。

咣当一声，黑夜里李伟碰倒了一张凳子。

谁？

东屋四辈爹问了一声。

警察。陈星河喊了一嗓子。

西屋内发出"啊"的叫声，有人从炕上跳下来，陈星河向身后一拉李伟的身子，自己冲了过去。

刘四辈，别动！

一条瘦瘦的黑影直接撞到陈星河的身上，陈星河感觉胸口一疼，他右手一下就扣住了对方的脖子，脚下用力将对方死死顶在炕上。

屋里的灯打开了，一把刀子插在了陈星河的胸口上。

15

倔强的青春

陈星河使劲张了张嘴，血从口腔里胸口里涌出来，他强咽了口血，李伟，给他上拷。

李伟一边拷人一边大哭，陈叔，陈叔，狗娘养的刘四辈，你把你恩人攮了。

还在挣扎的刘四辈这才看出是陈星河，叔，咋是你呀？咋是你呀？我该死该死，爹，快救陈叔呀……

屋里乱成了一团，山村惊醒了，寂夜惊醒了，天上的银河被惊醒了，在家中等候爱人的陶子也被惊醒了，她的胸口忽然发出一阵莫名的悸痛。

窗外，此时夜色正浓，恰好东方一颗流星划过天际，照亮了整个夜空，陶子从没有看到过这么大这么耀眼的星星，小时候母亲告诉她，地上有多少个生命，天上就有多少颗星星。

陶子惴惴不安，胡乱地猜想，她拿起手机给丈夫打电话，心说，星河，你一定要回来呀？

回头是岸

回头是岸，他自言自语，掂量了几下手机，猛地摔了出去，在碎裂声中，他挺起胸膛迈开大步向来的方向走去。

他的恋人走了。

她走前和他说，我陪不了你了，收手吧！来得及。

第一辑　情警万象

南边的神偷青云听说也被上网通缉了，躲不是个长久之计。你去自首吧！我得这病也是自己该还的罪孽呀。

他紧紧握着她已经苍白不堪的手，眼泪扑簌簌地掉，有的落在了她的脸上，有的落在了她的手上，他拿起纸巾轻轻地为她擦拭干净。

自首，不，绝不！

他安葬了她后，带着她的一缕长发上路，那缕长发是他每次为她梳头的时候，趁她不注意时捡起来的，放在一个她看不到的地方，现在成了他千丝万缕的寄托。

一路路风景，一程程的心情，可是，他的情绪始终是沉闷的，心在反复纠结着，但他什么都没做，也没有选择任何一个可以做的目标。他觉得这是在和她旅行，旅行就是单纯的旅行，不存在其他。

他在洱海边上遇到了一位旅伴，说是发现也可以，是一位清爽的女孩儿，干净洒脱，大方干脆。

嘿，你去哪里？女孩搭讪。

前面。他开始还有些谨慎。

我们可不可以结伴同行？

他稍顿了一下，没问题。

女孩喜欢结伴但却很少说话。他也是，他觉得一起走就可以了。他应该做个大哥哥样的男人，这个女孩单枪匹马的，也需要个人陪伴。

他们结伴又走了一些地方，女孩是个非常好的向导，他是非常称职的旅伴。

举个例子，在拉萨，女孩带着他到了某个酒店，就

倔强的青春

给他讲仓央嘉措和这个酒店的故事。他说是不是那个《见或不见》的作者，女孩笑笑说，错了，是活佛。

再举个例子，在泰山，女孩指着那块石刻，疑惑地问，这是什么字？他笑了笑，那是风月无边。女孩就点头，噢，真好，真好。

有一次男人为女孩背东西，从背包里掉了几个药瓶，男人低头拾起的时候，才发现那种白色颗粒他再熟悉不过。但他没有说破，只是在旅途中默默地跟随。

在普陀山的那天夜晚，他和她坐在大海边，风吹着他们，海水清澈无比，女孩说，谢谢你陪我。

他摇了摇头，我应该谢谢你的。

女孩笑了，这笑容在夜色里显得那么纯真。

他说，如果没有你，我不知道这段时间怎么过。

旅途就是这样，让你收获许多，还让你放弃许多。

是呢，人不能总是活在过去。这个道理他懂。

你心里是不是藏着别的什么？女孩眼角眯了一下，显出可爱状。

他从怀里拿出一张相片，给那个女孩看，女孩端详了一会儿问，是你恋人？

不，是我爱人，他抬头仰望着夜空，繁星一片，她每天都在看着我。

她是在和你说话。女孩脸上也肃穆起来。

然后两个人静静地沉默。

沉默过后，女孩拍了一下他肩膀，然后双手合十，菩萨保佑，菩萨会保佑她的，也会保佑你的。

第一辑　情警万象

他淡淡笑了笑，菩萨会保佑我们。

女孩说，菩萨不会保佑我太久的。

他注视了她许久，她黑黑的瞳孔里幽静深邃。

第二天他走了，没有和女孩打招呼，他翻过两个布满经幡的山岭，歇了口气望着前方熟悉的城市。这时他的手机响了起来，他止住脚步，打开手机短信。是那个女孩发来的，她说，你现在回头看看。

他凝神回头，东方冷峻的山峰顶上霞光若隐若现，半空中的云朵如一尊菩萨坐像屹立在苍穹之上。

他不禁心生敬畏，注视了好久好久。手机又震动了几下，仍然是那个女孩子发来的信息：放下吧！青云在这里放下了，你也放下吧，世间凡尘多孽障，回头既是彼岸。

回头是岸，他自言自语，掂量了几下手机，猛地摔了出去，在碎裂声中，他挺起胸膛迈开大步向来的方向走去。

反恐精英

对方忽然发现了我，他急忙转身，可是他晚了一步，我冲过去，刀子直接捅进了他的心窝，他连痛苦的声音都没发出一声。

这应该是个晴朗的天气，白天，没有风，四周的景

倔强的青春

致显得沉寂且压抑。

我和纪小强、张涛早已进入了临战状态。每一次战斗,生命如同迎来一次辉煌的洗礼,反恐战场是我们这些热血男儿尽显勇者本色之境地。

我穿好避弹衣,向突击步枪压着金灿灿的子弹。我喜欢子弹上膛的声音,"咔哒"一声就将你的心凝固住。纪小强的表情有些玩世不恭,他擅长使用威力强大的沙漠之鹰手枪,这种手枪射速快杀伤强度大,装弹迅速使用灵活,而张涛瞅了我俩一眼,作为狙击手他只有在后面羡慕我俩的份儿。

我和纪小强交换了一下眼色,一前一后开始突击,张涛已经在制高点上找好狙击位置。气氛万分紧张起来,进入战斗后每名战斗人员的神经会收缩得紧绷绷的,如同拉满的弓弦。耳边只是自己又沉又重的脚步声,咚咚地敲击着我们的心脏。

匪徒六个人,隐蔽在吊索前的堡垒里。他们属于国际某恐怖组织,携带武器装备和炸药,欲进行恐怖行动。我们的任务是将对方全部消灭,或者自己被对方消灭。

我和纪小强、张涛来自同一所警察学校,毕业同一年分配到反恐特战大队,同时被授予一级警司警衔。我们是好弟兄好搭档,多次冲锋陷阵并肩作战,在一次打击潮州帮时,我只身对付两个歹徒,帮会老大在背后持猎枪暗算我,关键时刻,纪小强用身体挡住了射向我的子弹,与此同时,张涛迅速出枪将帮会老大击毙。至今纪小强的身体里还残留着几粒铅粒。

第一辑　情警万象

前面一名蒙面的匪徒身影闪了一下，我一梭子子弹就射了出去，枪口跳动着，对面墙上顿时布满了斑驳的着弹点，匪徒闪身躲进了角落里。我暴露了，我将身体俯下去的刹那间，密集的子弹从三个不同方向射来，将我压得抬不起头来。

纪小强悄悄地转移了一下位置，持枪点射吸引对方的火力。我感觉枪声稀疏了些，抬起头，又一梭子子弹扫了出去，一个匪徒腿上中了一弹，他蹲下身子准备换弹夹，我调好准星，对着他扣动了扳机。我看到对方的身上喷出红色的血液，倒在了地上。

我随即冲了过去，选择好隐蔽点掩护纪小强，对方的火力异常凶猛，轻机枪和张涛狙击步枪的交叉声响个不断，我伸手打了三种手势，告诉纪小强让他坚持住，我去从侧面袭击。

我退身从另一条路线绕到敌方侧翼，一名穿海军迷彩装的高大匪徒，正端着AK步枪趴在一个死角上，对纪小强构成了极大的威胁，我屏住呼吸，这么近距离和恐怖分子枪战还是第一次，我掏出了匕首，那匕首上泛出蓝汪汪的光芒，我一步接一步挪到了对方身后。

对方忽然发现了我，他急忙转身，可是他晚了一步，我冲过去，刀子直接捅进了他的心窝，他连痛苦的声音都没发出一声。我拔出刀时，刀仍然是闪亮亮的。

纪小强正要向前与我会合。

张涛高喊："左方。"

纪小强侧身两个点射，一个匪徒从吊桥上直直地栽

倔强的青春

了下来。他抬手示意我跟进，我压低枪口，警惕着四周。

匪徒是六个人，已经干掉了三个，另外三名位置不明，气氛异常紧张。我们二个都明白，我们位置靠前与后方失联，已经陷入了重围。

一名匪徒在纪小强左侧露出半个脑袋，张涛的枪响了，打爆了他的头颅，纪小强惊了一脸冷汗，他擦了一下脸，稳定了一下情绪。他看了下时间，说："时间不多了，你去拆弹，我吸引他们的火力。"

我说："不，还是你去，我掩护。"

纪小强说："你去……"

我不再争执，投出一颗烟幕弹，然后奔跑着向广场方向冲刺，纪小强随后杀出，我只听到身后传来密集的枪声和手雷的爆炸声。

炸弹拆除了。我吸了一口气。为自己点上了一支烟，活动了一下肩膀，满脸惬意的样子，我瞥了一眼纪小强和张涛："咋样？"

"任务继续。"那俩人非常坚决，我喊了声："网管，再来两小时C3。"

背　影

老葛抻着脖儿问，"爷们儿，你说详细点，谁砸你的摊了？"

第一辑　情警万象

我警校毕业后分到市局巡特警一中队,中队长姓葛,人们都喊他老葛,老葛行伍出身,说话办事直来直去,转业后先是在重案组干了八年探长,去年十月不知为何被调到了巡警队,小道消息说是顶撞局长才被下架的。

头天,才一上班就接到局指挥中心指令称浏阳超市有团伙打架,我穿好八大件跳上了车,心里既兴奋又很紧张。看我忐忑不安的样儿,老葛坐在副驾驶白了我一眼。"怎么了,激动啦?"

我红着脸没说话。

老葛把头靠在车靠背上,对开车的小田说:"慢点开,让他们打够了。"我一听心里好大的纳闷。

警车过了二十分钟后才到了现场,一个上身纹着一条青龙光着大膀子的小子正捂着流血的脑袋蹲在地上。

老葛下了车,不紧不慢地走过去,拍了拍那小子的肩膀:"这不是二蛋吗?又让人削了?"

那个叫二蛋用手纸擦着头上的血,抬头看了看老葛:"葛叔,是强子那伙人打的,刚跑了,你们咋来这么慢呀?"

"操蛋,南环也有打架的,刚处理完那边,你这又报警了,走吧!知道谁打的就好办了,拉你去派出所吧!"

"我不去了,葛叔,我们自己解决。"那小子没动地方。

"你自己解决还报什么警呀?"老葛有些不痛快。

"我不报警让他们打死呀!"

倔强的青春

"二蛋，和他们干，最多再判几年，你妈你爹就不用你养了。"老葛连损带吓唬。

二蛋让老葛说得不敢言语。

我又简单地询问了几句，想问那个强子有没有持械与逃跑方向，二蛋始终是说东道西，眼睛东张西望。

这时老葛和几个队员都已经上了车，都在车内瞅着我，我只好停止询问，我们走时那个二蛋还在原地蹲着。

回到车上我心里想，这叫什么事？明明没有别的警情，老葛故意推诿贻误战机，这不对受害人不负责任吗？

老葛可不管我怎么想，坐在副驾驶上愤愤然地骂了一句："让他们打吧，越热闹越好，都不是好人。"

我正想问老葛这么做是不是不妥，车载台里又传来指挥中心的警情指令。巡逻车在中心街市场口停下，一个老头正跺着脚骂街。我们下了车，老葛走过去，不是，是颠过去，喊："爷们儿！爷们儿！别骂了，跟谁着这么大急？"

老头瞪着眼："跟谁？跟你们，你们警察还有王法没有，穿着官衣就砸我的摊子。"

我们几个人四下里看了看，看出老头是卖瓜的，他的瓜摊不知道被谁掀翻倒在地上，西瓜甜瓜滚落了一片，红的黄的打碎了好多。

老葛抻着脖儿问："爷们儿，你说详细点，谁砸你的摊了？"

"你们警察，从昨天就管我要摊钱。我说我一个老头子，种点瓜卖两天，让他们照顾照顾，他们不听，今

第一辑　情警万象

天骑摩托来了，把我的摊给掀了。"

老葛听出点门道："爷们儿，你看掀你摊的人，和我们是穿一样的衣服吗？"

"一样，咋不一样？"

老葛嘬了嘬牙花："爷们你看清了，那可不是我们警察，得，我也不和你解释了，你上我们的车吧！"

老头脾气很倔,脖子一抽:"干啥？你们想抓人呀？"

老葛笑得没法："爷们儿，你跟我们走，我给你找地方说理去。"

"走就走。"卖瓜老头气囔囔地上了警车。

老葛给老头递了支烟说："爷们儿，那不是我们警察，他和我们穿的衣服差不多，我给你找他们单位去，你还认识那几个人吗？"

老头说："他们化成灰我也能找出他们来。"

老葛说："那就行。到了那里我们把你放下，你呢，刚才那劲头你就可劲得使，准会有人给你主持公道。"

老头望着老葛，半信半疑："能成？"

巡逻车在综合执法局门口停下，老葛开了车门，让卖瓜老头下了车。老葛向司机小田一挑眼——开车走人。车子刚出去几米，就听到车后老头跳起多高喊着，"谁掀了我的摊给我出来，兔崽子们……"

我们一车人笑得前仰后合，老葛一脸的狡黠的自言自语："嗨！这社会很公道，不能只让警察当被告。"

车子在县城里兜了十几个圈了，讲完几段荤段子后的老葛耷拉着脑袋打起了瞌睡，就在这时车载台又一次

倔强的青春

骤然响起：金龙小区幼儿园失火，请各巡逻车辆立刻赶赴现场。

老葛一个激灵就睁开眼了，问我："哪里失火？"

因为紧张我有些反应迟钝："幼儿园，金龙小区。"

老葛精神头蹭地就来了，喊道："打开警报！都麻利点。"巡逻车呼啸着驶向事发现场。

金龙小区幼儿园二楼内浓烟滚滚，烈焰蹿出窗户。警车还没停稳，老葛嗖地一下拉开车门就跳了下去，边跑边大声指挥着："小田、王宇，疏散人群，赵庆、国良外围警戒，剩下的跟我进楼救人。"老葛说这话时，人早已冲进了楼内。

我紧随其后，刚到门口就被烟呛了一口，我俯了下身子深吸了一口气，猫着腰冲了进去，只看见前面老葛在烟火中模糊的背影。

追　寻

身居要职的王童要风得风，要雨得雨。 他很向往回一次母校，母校里留着他一份说不清的怀念，或者说是一种情结。

王童毕业于中原某所大专院校。六年来，他总希望能再次见到分别多年的同学和老师们。

在校的时候，人们都感觉不到王童的存在，他渺小

第一辑　情警万象

沉默不惹人注意,在整个区队里他是属于默默无闻的人。

班上大个子体委,嫌他活动不积极学习不刻苦,给班里拉了后腿,时不时对他进行指责,有个别同学也一哄而上攻击王童。王童选择了冷处理,他并不卑微,他沉默是金的处事态度,仍然得到许多同学的信任和接受。

区队教官是个很严厉的人,眼里揉不得一点儿沙子。那次王童假期返校,躺在宿舍惬意地吸着香烟,教官一个箭步走了进来,一巴掌打掉了烟卷,惩罚王童五千米障碍跑,直把王童累得如一摊烂泥。

转眼到了毕业前夜,老师同学欢聚一堂,载歌载舞,王童却坐在一个角落里,注视着嘈杂的一切,歌声、欢笑、拥抱、眼泪,男女同学两情依依惜别,这一切显得和王童毫无干系,他吸完烟盒里最后一支烟卷,独自走出学校大礼堂。

当他出门的时候,迎面遇到风韵犹存的女教导员,女教导员一把将王童揽到了怀里,教导员流着眼泪说,王童呀,你多像我的孩子,可是明天过后我就再也看不到你了。

王童脑子懵腾腾的,他的脸正好贴在教导员弹性十足的乳峰上,王童不清楚是女人的体香迷醉了他,还是他对这位唯一对喜欢他的教导员动了真情,热泪顿时化作汪洋。他只说了一句话,老师,不出十年,我王童一定回来看你。

王童的话是有根据的,没人知道他的父亲是某个地级市的市委副书记,更没人清楚王童内秀的心灵和潜藏

倔强的青春

内心的志向。

回到了原籍的王童很顺利地分配了工作，第一年王童表现一般，他依旧很沉静依旧少言寡语。第二年的王童就不是那个王童了，一次处理群众信访案件中，王童面对几十名刁蛮的百姓，口若悬河，引经据典，滔滔不绝，让同事和领导对他刮目相看。

两年后，王童竞聘副科级岗位，从众多的对手中脱颖而出。身居要职的王童要风得风，要雨得雨。他很想回一次母校，母校里留着他一份说不清的想念，或者说是一种情结。

王童有位朋友，说话很风趣，走过南闯过北，常用些歇后语小笑话调侃抨击社会的不公平。朋友说某个地方人素质很差，很小气，尤其对王童学校那地区的人，更是嗤之以鼻。

王童却不这么认为，朋友说不信走着瞧。

王童就真叫上这个朋友，踏上了返校之路。他们到达的第一站，一个偏远闭塞的小县城，经济很不发达。这是室友老六的家乡，老六见到王童后，热情似火地将他俩儿安排到城里最高档的宾馆，老六的表现让王童很欣慰也很受用。

一晚无话，第二天三个人一路南行，到了同学老四的家乡，老四现在也是某单位的中层副职，更是慷慨，吃住都是在四星宾馆，热情地不得了。王童偷着用眼瞄了瞄他的朋友，朋友表情很淡漠。

吃过喝过住过后，几人继续去母校，在市里最高档

第一辑　情警万象

的一家酒店,室友老大早已经联络好昔日班上的老同学,齐聚一堂为王童举行了隆重的欢迎宴会。

王童环顾一圈看到这些熟悉的面孔问：老二和体委怎么没来呀?

老大说,别提了,老二毕业后没分配工作,现在跑三轮了。体委更惨,在一家超市做保安。一般同学聚会他俩都不到,一年半载的也不联系一下。

王童没有得意自己有多么优越,只是发出十年河东十年河西的感慨。

大家吃完饭又到歌厅载歌载舞许久。王童说去学校探望老师,没有人答话。王童皱了下眉头,说你们谁去过带个路就行,十几个人都摇头说不认识。

王童就打了母校的电话,问清了教官的住处,几个人开车就过去了。到了教官门前,王童从车厢里拿出准备好的饼干香油老酒等土特产。陪来的同学二话不说就从地上捡起王童的礼品,就进了教官的门。

王童心里郁闷得有些堵,他进了屋子,没有参观教官家徒四壁的房子,没有去听区队长激动不已意想不到的那些话,他恢复了学生时的沉默,他望着那几个脸不红心不跳的同学,感觉那么遥远和陌生。

从教官家出来时将近傍晚,老大说,去国际宾馆,都订好了。

王童默不作声地上了车,对着朋友说,走,回家。

朋友以为没听清,说去哪?

王童问,你那句成语怎么说?

倔强的青春

朋友不假思索,武大郎放风筝——出手不高。

王童本来还打算去探望女教导员的,但他临时改变了主意,他觉得留着那份美好的感觉看来比什么都强。

惊　梦

赵队长无非做个样子,掏出了一百元的票子就向男人手里塞,男人连推带揉地说什么也不要。

星期天,消防队的赵中队长在家吃罢午饭,就上床午休。他老婆孙三娘子喊他,别睡,别睡,晚上我二姐生日,你去订个蛋糕呀?

赵中队长答应着,行,行,我先睡会儿。

赵中队长就寻思去辖区哪个蛋糕房订。不能去"特香"面包房,那是局长表妹的小叔子开的;不能去"水果乡村"蛋糕店,老板娘和大队长眉来眼去,别因为一个蛋糕找不自在;更不能去香椿街"四季"糕点去,前不久岳父岳母生日蛋糕在那拿的,总去一家会出意外。赵队长考虑再三,只有去江苏一对夫妇开的"喜利来"蛋糕房,男的很老实,女的也会说话。也没什么背景,同事老肖的奶奶去世摆供桌,在那里拎了九盒糕点。看那两口子那态度,很实诚,还一口一个多关照。

行,就是他了。

赵中队长打定主意后,就睡了。

第一辑　情警万象

蒙眬中他开车到了蛋糕房，店里那江苏两口子正在忙碌。正是春节期间，订蛋糕的客人很多。男人看到中队长来了，赶忙热情地打招呼。中队长说订个蛋糕，说这话时赵中队长的脸上也感觉有点发烧，就尽量不瞅那对方脸上的表情。

男人随即说，好，好。

问赵中队长要什么样子的，是水果的？还是沙拉？西式还是传统的？

赵队长眼皮一耷拉，心说既然要了就要个好的，说，水果的吧！

男人说你等会儿，马上就好。

说罢，男人跑到操作台后面忙碌起来。赵队长怕遇见熟人不好意思，找了个偏僻的角落坐下，仰头去看墙壁上的国画。

男人很麻利，不一会蛋糕就做好了，蜡烛、纸碟、刀叉等都给打好包。女人给赵队长拎了过来。赵队长拎起蛋糕，嘴里问着多少钱？装模作样地往口袋里摸。男人急忙过来摆着手：不要钱不要钱的，过年了，想请你们都请不来。

赵队长无非做个样子，掏出了一百元的票子就向男人手里塞，男人连推带搡地说什么也不要。

女人在一旁看着没吱声。赵队长弄得很尴尬，心说把钱给人家吧！几十块钱不值得，就把钱塞给了女人，女人顺手就放在围衫的口袋里，随手给找五十。赵队长接过钱，心里寡落落的不得劲儿，走出店门时耳朵传来

倔强的青春

男人在屋里大声呵斥女人的声音：

你还想干不，把他们弄腻歪了，三天两头地来查咱，让你整改让你停业，到时候损失比这个大。女人今天不知怎么了，和他男人顶撞起来。

他们要查就查，咱规规矩矩地做生意，不犯法不违规，今天这个要蛋糕明天那个来拿点心，一天到晚辛辛苦苦的，赚点钱还不够给这些人贴补的呢，老娘我今天就收了，明天有人还想占便宜，我照收不误。

男人气急败坏，骂那女人，这些人就是占小便宜来的，都是小人，咱出来挣钱不和他们斗，把钱拿出来！

女人就是不肯，男人从自己口袋里拿出几张票子，追出来，到了赵队长跟前，说，队长我们哪能要你钱呢。说罢就往队长口袋里塞。

女人突然从店内闯了出来，手里高举把菜刀，叫喊着跑到赵队长近前，一刀砍在他头上，顿时血流如注。赵队长"哎呀"一声从梦里惊醒了。

醒来的赵队长抹了下脸上的汗，咂摸着梦里的事。客厅里老婆又尖声喊：快去吧！马上到饭时了。

赵队长不是个迷信人，但心里也犯嘀咕，上了车，不大会儿就来到了喜利来蛋糕房。他整理了一下衣服，走进店内。

店里那江苏两口子正在忙碌。正是春节期间，订蛋糕的客人很多。男人看到赵队长来了，赶忙热情地打招呼。赵队长聊了几句官话，说订个蛋糕。

男人打了沉，随即说：好，好。

第一辑　情警万象

问赵中队长要什么样子的,是水果的?还是沙拉?西式还是传统的?

赵队长眼皮一耷拉,心说既然要了就要个好的,说水果的吧!

男人说你等会儿,马上就好。

说罢,跑到操作台后面忙碌起来。赵队长怕遇见熟人不好意思,找了个偏僻的角落坐下,仰头去看墙壁上的国画。

男人很麻利,不一会儿蛋糕就做好了,蜡烛、纸碟、刀叉等都给打好包。女人给赵队长拎了过来。赵队长拎起蛋糕,嘴里问着多少钱?装模作样地往口袋里摸。男人急忙过来摆着手:不要钱不要钱的,过年了,想请你们都请不来。

赵队长无非做个样子,掏出了一百元的票子就向男人手里塞,男人连推带搡地说什么也不要。

女人在一旁看着没吱声。赵队长弄得很尴尬,心说把钱给人家吧!几十块钱不值得,把钱就塞给了女人,女人顺手就放在围衫的口袋里,随手找了五十。赵队长接过钱,心里寡落落的不得劲儿,走出店门时耳朵里传来那男人在屋里大声呵斥女人的声音。

随后男人追了出来,说赵队长你的钱,你的钱。那个女人嘴里嚷嚷着也追了出来,手里拎着把刀。

赵队长心说娘唉!这咋和梦里一模一样的呀!他拎着蛋糕蹭地跳上车,车子"嗖"的一声跑了。

男人举着钱一脸诧异,女的挥舞着菜刀高喊,赵队

倔强的青春

长呦,刚才找你的钱是张假币。

可车子早已消失得无影无踪。

向阳花

我们当年个个都是向阳花,可后来呢……

七十年代,你在第三中学上过学吗?你听说过向阳花这个名字吗?你是不是认识她?

向阳花,我们班上最漂亮的女生,我们班的班花,也是我们学校的校花。向阳花的美丽谁见谁都会情不自禁地夸。我们班的男生,不,我们整个初一到初三的男生都喜欢她,甚至有的还暗恋她,有的给她献媚,有的给她摘花,还有的人给她去王瘸子瓜地里偷过大西瓜,个别小聪明的人,还暗中给她写过情书,写了很多暧昧没劲的话。

谁写过?

我,我现在承认,我写过。我记得我写的第一封信也是最后一封,差点弄成了大笑话,上学的路上我在一棵老树后面等着向阳花,那个澎湃的小心脏忐忑不安七上八下地跳。远远地望见向阳花扎着个马尾越来越近,我闪到路中央,有些紧张,脸涨得发烫,我说,向阳花……

嗯,向阳花……

向阳花停住脚步,看到我很意外,问,瓜瓜,你干

> 第一辑　情警万象

吗？还不上学去？

我说，我说得有些吞吞吐吐，我说向阳花，我想做你好朋友，我给你写了个东西，诺……我用手递了过去。

向阳花带着诧异的表情接了过去，她把信拿到手里，我扭头就跑啦。向阳花在后面喊我，我哪好意思回头，脸臊得慌。

下午放学，我和大牛，二丽几个同村的人一起回去，我看到向阳花在路旁站着，我就有些担心，怕向阳花和我理论，当着这么些人我多没面子。

果然，向阳花一步跨到我们近前，满脸庄严，对我说，瓜瓜，以后你好好学习，不要想搞些不良风气，积极向上懂吗？你们农村孩子就是不懂知识的宝贵。

我们是农村孩子，是呀！我忘记了，我是农村的孩子，向阳花不是，向阳花是非农业，她家不种地，吃商品粮，她爸爸是公社社长，她妈是商店售货员，我们的爹妈都是种庄稼的农民。向阳花把我说得无地自容，还好她没有抖落出我写信的事儿，否则我在同学们面前怎么做人呢？

大牛后来问我，我怎么得罪向阳花了，我撒了个谎，我说我把她的作业本给弄扯了。大牛猪脑子以为是真的了，还非常配合地点了头。

其实大牛也喜欢向阳花，这是后来我上中专后，大牛到我学校来找我，说他曾经为给向阳花示好，多次跑到王瘸子瓜地里偷过瓜，并说某年某月他偷看过向阳花在院子里洗澡，说偷看完，差点中了魔障，非向阳花不娶。

倔强的青春

后来大牛被他爹臭揍了几次，他才断了念想，又后来，大牛狗改不了吃屎，又跑到二丽家墙头外面看二丽洗澡，他这次看成功了，后来如愿以偿娶了二丽，大牛的墙头记还是可圈可点的。

向阳花在我们学校是积极分子，早早地入了团，还经常带着班里的学生们去给五保户打扫卫生，给贫困同学家里干活，还帮助学习差的同学辅导作业，嗯，向阳花的学习成绩和相貌是一等的。

中考那年，我勉强考上师范学校，总算摆脱农民的身份了，可知道消息的向阳花仍旧看都不看我，她听从父母安排上了高中，我中专毕业那年，向阳花以优异的成绩考入北京一所名牌大学，我和人家不能等同而论了，是我们这些同学和向阳花相提并论了。

我在中学教了两年书，正巧县公安局招干部，我就通过考试进了公安局，当了一名经侦民警，那时候有人告诉我，向阳花已经毕业分配到了市委。

五年后，我们第一次初中同学会，是已经成为养牛大王的大牛组织的，场面特别隆重，大牛不知道怎么把向阳花给请回来了。在市委大院里工作的向阳花果然非比寻常，和每个同学一一握手，还有的男同学和她开玩笑，她都面带微笑不卑不亢。

向阳花问我，瓜瓜，听说你在公安局了，混得不错，我和你们市局几个局长经常在一起吃饭，需要我协调的给我电话。

我笑了笑，只是说了声谢谢，我这样的小警察，还

第一辑　情警万象

让市局领导挂念真没那个必要，当然这些我心里想的，没说出来。

那次向阳花喝了许多酒，红酒、白酒、啤酒，都能喝进胃里去，这个同学那个同学的无论什么职业，她都能说出大把大把纵向横向的关系人物，把大牛他们几个人唬得愣愣的。

过了两年，又是大牛告诉我，人家向阳花去某省挂职锻炼去了。又过了一年，大牛和我说，向阳花马上回来调到市里当领导，你看你，瓜瓜，你混了这些年警察，连个队长都不是，哥们弟兄的都沾不上你光。大牛一说，我还真有些愧对江东父老了。

过了个数月，一天晚上我从单位刚加班回来，手机就响了，陌生号码，我接了问谁呀？

老同学是我呀？

您是？

你写情书追求的那个人你不记得啦？

我脸腾地红了，我听出来是"向阳花"。

我说了好多客气话，人家是市里领导了嘛。向阳花那晚好像喝多了，说刚从光荣院出来慰问去了，自己给某个残废军人捐了多少钱，自己工作多忙多累，应酬真多，你这个人怎么不找我呀，你求我办件事，我给同学谁谁办了什么事儿，给谁提了副处，给谁安排了什么职位，你怎么不找我呀？

我那天感觉向阳花说的是掏心的话，说得我也心里热乎乎的，想起初中那个年代，那个纯真无邪的年龄，我也感动了。

我记得向阳花最后一句：找我，一定找我。

过了一段时间，我们局调整，我左思右想真想给向阳花打个电话，我掂量着手机没有拨出去。我不是不想当官，我想现在人家向阳花多忙呀，我哪好意思的。

半年后，我们接了省厅指定管辖案件，我们对这类案件已经习以为常，我让民警和兄弟单位进行嫌疑人交接。我想这么大的案子，什么样的嫌疑人，把一个个高官给牵扯进来。当我走进审讯室，涉案人坐在审讯椅子上，她蓬松着头发仰起憔悴不堪的脸，我和她四目相撞，你们猜对了，向阳花。

我始终忘不了三十年前教师节演出，十二岁的向阳花身穿洁白的衬衣，蓝色的裙子，张着双手，敞开金色的嗓子为人们演唱《社员就是向阳花》：……花儿朝阳开，花朵磨盘大不管风吹和雨打，我们永远不离开她，公社的阳光照万家，家家爱公社，人人听党的话，幸福的种子发了芽。

向阳花呀向阳花！

小侦查员

路改抱着孩子下了车出了小站，迅速钻进了一辆黄色面包车。面包车风驰电掣地向山中驶去。

第一辑　情警万象

火车一个劲地向北开，喘着粗重的气息，如一头牦牛般地向前驶进了丘陵地带。这时的路改透过窗户望着外面的景色，忐忑的心才稍微缓了些，只是稍微放缓，还要再走上一段路程才能到达目的地。

路改挪动了一下身子，右手还是紧紧搂着那个男孩。男孩昏睡着发出微弱的呼吸。为了他，路改坐船倒客车，一路颠簸登上了火车。这孩子是路改的财富，只要能在今天下午准时送到蛇头手里，路改就可以得到一笔数目相当可观的钞票，这个被路改拐来的孩子，足够路改半年的花销，足够让路改走向小康生活，足够让路改的女儿和别的伙伴一样穿上花衣服、新棉鞋、新围巾，足够让患有哮喘病的妻子住进省城的大医院。路改为了这些足够的理由，不得不铤而走险。当他得手时内心的恐惧感无法比喻，可一想起蛇头那透着油墨香的钞票时，心情就变得异常亢奋，这种亢奋代替了内心的恐惧和垮掉的良知。

孩子还昏沉沉地睡在他的腿上，路改想吸支烟提提精神。他从口袋中摸索出烟卷刚吸了几口，就听见有人发出咳嗽声，对面坐着的是对母女俩，咳嗽声是那个八九岁大的女孩嘴里发出来的，女孩用手挥赶着烟雾，小嘴噘得很高，用抱怨的眼光瞪着路改，路改赶紧把烟掐了。

小女孩说：叔叔，吸烟有害健康的。我不喜欢，那个哥哥也不喜欢的。

小女孩说的哥哥，当然是指路改身边的这个男孩。

倔强的青春

路改表情很不自在，很窘迫地掐灭了烟。

女孩满脸天真，怎么哥哥一直在睡？

路改说，哥哥困了。

女孩说，哥哥渴不渴？说完，就去包里拿出个儿童壶。

路改感觉这个小女孩很讨人厌，但又不好发作，就连忙摆手说，哥哥不想让人打扰他。

女孩拿水壶的手就放下来，一旁的母亲揽着女孩坐下，不要给叔叔添乱了，哥哥在睡觉，你也睡。

说完女人向路改带着歉意地笑了笑。

女人口音是北方人，路改心里的顾虑就消了几分。

火车穿过一个个隧道，再过一个小时，这个男孩就找到自己的又一个归宿。男孩的头扭动了一下，路改心里打了个寒噤。他给孩子服的药应该还能维持一两个小时的。路改把孩子向上窜了窜脸紧紧依偎在自己的胸口，这样孩子的表情就不会让这对母女发现。

火车继续向前咔嚓咔嚓运动着，女人和小女孩做猜字游戏，女人用手指在空中写字，女孩就猜，

苹果，您好，宝贝……

女孩很聪明，连续猜出好几个，那咯咯的笑声将路改的心也感染了。

女人又写了两个字，女孩猜不出来。重新写了几次还没猜出来。女孩转身对路改说，叔叔你猜猜这是什么字？

说完按着母亲的手势在路改眼前写了起来，路改猜

第一辑 情警万象

了几次也没有猜出来，就摇了摇头放弃。

女人淡淡地笑了笑，车上又恢复了沉默。

火车到了下一个站点。那个女人领着女孩下了车，那女孩从自己的包里拿出一个毛茸茸的吉祥物，放到路改手上：叔叔，我们到家了，这个玩具就送给小哥哥吧。

小女孩说完向路改挥手告别，路改欠了欠身子，那个女人也没说什么。对路改点了下头，母女就下了火车。路改透过车窗注视着女孩蹦着跳着随母亲走出站台。

然后路改长出了口气，随手将那个玩具塞进了背包。火车继续开动，半个小时后，火车扭动了一下长长的身躯，在一个小站停了下来。路改抱着孩子下了车出了小站，迅速钻上了一辆黄色面包车。面包车开动起来风驰电掣地向山中驶去。

车子在一个废弃的矿厂内停下。蛇头从一个破仓库中走了出来，阴着脸，表情很嚣张，看了看路改怀里的孩子，点了点头，让人把孩子接过去，然后将两叠扎好的人民币扔到路改脚底下。路改他猫下腰身装起钱转身就走，他发誓他妈的再也不干这种丧尽天良的事了。

他脑子里想到孩子的时候，就联想到了自己同样大的女儿，也很自然地想到了刚刚火车上天真烂漫的小女孩，路改想，那个女孩写的是什么字呢？

这时尘烟四起，警笛呼啸，十几辆警车将道路口全部封住，几名警察冲过来死死地将路改扑在地上。路改不清楚自己到底哪个环节出了纰漏，背包里滚出那个吉祥物，两眼不停地开合着发出咔哒咔哒的提示声。

41

天色骤然暗了下来，路改睁大眼睛恍然大悟，那女孩写的两个字分明是天——网。

寻找好人

屋里的声音还是止住了他的脚步，这是为什么？

1号先生从车上下来，向胡同里慢慢走去，巷子里没有路灯，1号先生把头上的帽子向下压了压。他走到一家门前，从深色风衣口袋里掏出一大串钥匙，插进钥匙孔，咔嗒一声门开了，1号先生走进院子，径直来到正房的门口，仍用那把钥匙插进锁孔，转动几次没打开，1号先生显得很烦躁。但他是聪明的，他从口袋里掏出一根金属丝，捅进了锁内，探弄了几分钟，锁就被打开了。

很奇怪1号先生没有打开屋里面的灯，而是从裤袋里拿出一只袖珍手电筒，打开按钮，亮出昏黄的光线。他径直走到一个书桌前面，拉开所有抽屉，动作很迅捷，右手在桌子里找寻着什么，存折、身份证、户口本都被他扔到了地上，他都不需要。

他的眼睛停留在床侧边的那只保险柜上，1号先生很是兴奋。

保险柜打开了，里面是琳琅满目的物品，让1号先生不能自已，他用一个布包把保险柜的东西哗啦哗啦地装了进去，他拎着沉甸甸的布包走出屋子，走出大门，

第一辑　情警万象

轻轻地把门关死。相信刚才那一刻他的心是忐忑的,这时候他又恢复了刚才那种成稳,不紧不慢地走在漆黑的胡同内,他的心里涌动着得意和欣喜。

巷子里路灯幽暗,1号先生推门又进了另一个院子,院子有棵枣树,光秃秃的显得那么荒凉,他蹑手蹑脚地推了下屋门,门开着,1号先生闪身进了屋,借着星光,他看出这户人家日子不景气,四壁空空,只有一个活着的闹钟,有气无力地摇晃着,1号先生首先失去了信心,这样的主儿肯定没有什么收获的,他准备退步回来,却听到卧室的房间传来苍老的喘息声,是个老人在屋里?1号先生不想打草惊蛇,他拉开屋门迈步离开,这时,听到屋里喘息声越发困难和急促,这是怎么回事?

按说1号先生不应该好奇的,多年的职业经验告诉他,任何犹豫和多余的心思都能让他功亏一篑,甚至身陷囹圄。他的头脑必须是高度清晰和敏觉的。

但屋里的声音还是止住了他的脚步。

他想一个老人即使发现了他也奈何不得,他摸了摸腰上那柄开刃的匕首,返回去推开那卧室的门。只见一张简易的木床上,白色的毯子上躺着一位垂垂耄耋的老人,歪斜着身体抽搐,嘴角翻吐着白沫,双眼直勾勾地向上翻着白,那两只干瘪嶙峋的双手垂在身子两侧,脑出血!肯定是,1号先生紧张得很,1号先生想起了自己在农村的老爹,那年冬天也是突发脑溢血死亡的,这种病不及时抢救就会有生命危险,怎么办?

1号先生脸上冒出了汗,他的思想驱使着他走到床

43

倔强的青春

前,扶着老人掏出手机,毫不迟疑地拨通了120急救电话。

医院里,主治医生问,你是这老人的儿子吧？男人摇了摇头,又说是。

交钱吧？必须手术。

多少？

先交五千块钱。

噢,1号先生答应了一声,犹豫着转过身子去窗口交费。

两个小时后,医生告诉他手术很成功。1号先生擦了脸上汗水,握住医生的手大声感谢着,然后1号先生把老人安顿好,他守候在病房里等老人脱离了危险期。天色已经微明,他坐在医院的台阶上,起身走进病房把那张五千块钱的住院押金条塞在了老人的床头下,然后消失在晨雾里。

一个月后,老人出院了,儿女们听说后纷纷从外地赶了回来,大家都寻找那个救命恩人。

不久,电视台和各媒体报纸刊物分别发出了一则寻人启事:

标题是:寻找那位好人。

这时,距这个城市一百公里外的山村,1号先生正收看着电视中播放的这则启事,他实在无法按捺住心里的悸动,他回到卧室,吻了一下熟睡中的爱人,亲了亲仍旧在梦乡徜徉的儿子,他看见门前的大路上有辆警车停在那里,他鼓足勇气,吸了一口新鲜的空气,放开脚步向前走去。

第一辑　情警万象

救　助

　　老池感动得心里热乎乎的，给自己解决困难就已经很不错了，怎么能要人家的钱呢？

　　韩老池骑着电三轮车，沿县城的街道向家走，两旁高楼林立，花草丛生让韩老池的双眼迷离，电动车骑得缓缓的，老池的思绪也缓缓地流淌着。

　　从后面刷地开过一辆黑色轿车，老池知道车的名字——桑塔纳。韩六新买了一辆，每天都停在胡同口摆阔。

　　老池看到那辆桑塔纳停在了他前面，车上下来个干部模样的中年人，戴着个文明镜喊："大伯，你这是干啥去？"

　　老池扭了扭头，看周围没别人，才意识到这人是和自己说话。电动车停在那人前面。老池眯着眼，还没还口，这人又笑呵呵地说："大伯，还认识我吗？"

　　老池想了想，摇了摇头："我是民政局的老张，以前经常去你家呀？"

　　老张？若干个姓张的人在老池的大脑子里翻过，还是没想起来，这人老了记忆力也下降了。

　　老张显得很诚恳，伸手抚摸着老池锈迹斑斑的电三轮车把。

倔强的青春

"大伯,看你这样我心里不是滋味呀!咱们老熟人了,有什么困难你和我说,我一定办。我现在负责农村困难户救助,手里还有几个救助指标。咱到你家看看,是不是符合政策,如符合,我就给你了。"

这老张还挺热情。

韩老池虽然回想不起来,这老张是哪个老张。但能把自己的困难户解决了,这不是天大的好事吗?

老池开动了电三轮车,那老张上了桑塔纳,拐过一个石桥,就进了村子。走进了他的三间旧砖房,那老张在屋里转了几圈。

"大伯,你这生活真够苦的,肯定符合我们民政部门的政策,你放心,我回去和上边说一声,你填个表就行了。"

那个老张还从西装里掏出三百块钱,放到老池的手心。

"大伯,这是我自己的钱,你先用着,"

老池感动得心里热乎乎的,给自己解决困难就已经很不错了,怎么能要人家的钱呢?老池说啥也不要,把老张拿钱的手推了回去。老张一个劲地向他手里塞,正在这时,那个胖司机的手机响了,老池和老张就不再推搡。胖司机电话里说话一惊一乍的,脸红了又白,白了又红。

"喂,啥事?开车撞人啦?"

"腿撞折了?需要交住院押金?"

挂断电话,老张问司机:"怎么啦?"

第一辑　情警万象

"哎！我那倒霉媳妇儿开车把人腿撞折了，这不叫我过去给人交住院押金去。"

胖司机搓搓脚，从口袋里掏出一沓钱点了点，然后问老张："张哥，我这里不够，你那里有多少？"

那个老张从衣服里又掏出几百块钱，连同手里的三百，给了司机。

"够不？"

司机手忙脚乱地点了点，

"不够。这咋办呀？"

胖司机把目光投向了老池。

"大伯，你家里有吗？你先借给我点，明天我一准还你。"

老池满心的不情愿，可是救急要紧，人家老张刚答应给自己办事，不借冲老张的面子也过不去。

老池从衣柜的匣子里拿出八百块钱给了胖司机，那是卖了5只羊的钱呀！

胖司机接过钱就紧着走出屋，老张也没什么话了，到了胡同口，俩人钻上了车，桑塔纳飞一样的开走了。

老池慢吞吞地回家走，脚下被什么东西一绊，脑子"嗡"的一声，清醒了许多，转回头，那辆车已经没了影子。韩老池身子一歪，心说坏了，受骗了，这往哪找人去？八百块钱转眼没了，到时那刁蛮的儿媳妇不知怎么给甩脸子看呢？他直勾勾地看着村口那条土路，直看得眼睛一片模糊，这时一个黑点由远至近，再近，桑塔纳！

老池激灵灵打起精神，桑塔纳卷起尘土，进了村口，

47

倔强的青春

车停下,却是韩六,他脚一沾地,嘴里就嗷嗷的叫:"快来人呀,有辆车翻沟去了,快救人去呀!"

老池几步过去:"六子,怎么了?"

韩六边喊边答:"池爷,有辆桑塔纳从咱堡子出来,开得贼快,上桥拐弯时翻沟里去了。"

自称老张和胖司机的人被村里人从车里救出来,骨头都散了,哎哟哎哟地叫唤着,被抬上了急救车。

一个白衣护士尖嗓子喊:"有谁认识呀!谁是家属亲属的?"

没人吱声,老韩头揣着手左看右看。

人群里有人嘀咕,这俩人刚从老池家出来,和老池有关系。

老池脸上挂不住了,走出人群:"是我家亲戚。"

护士说:"拿钱赶紧去医院,办手续。"

救护车先走了。

老韩头返身回到家,坐在炕上思索了片刻,随后躬下身子,颤巍巍地从柜子深处拿出仅存的两千块钱,骑上电三轮,向医院飞快地驶去。

暖 情

良子听完脑子嗡地一下,心里热浪翻滚,直步就向卫生院里走。

第一辑　情警万象

良子揉了揉惺忪的睡眼，透过窗户，见下了一天一夜的大雪终于停了，他连忙从炕上爬起来，洗了把脸，早饭也没顾得吃，发动好吉普车。娘喊他："良子，良子，你干什么去？先把雪扫了。"

"我去春花家！"良子回了一声，汽车掀起一团雪片开走了。

娘望着他的背影，不觉叹了口气。

县城十几里外的一个小村子。春花正在屋里给丫丫穿着衣服，丫丫看到良子就高兴地张着小手喊："良子叔，良子叔！"

良子双手抱起丫丫，向上颠了颠，弄得丫丫咯咯地笑起来。良子说："嫂子，你给丫丫做饭，我去扫雪。"

春花拢了下头发："良子，先吃饭吧，吃完饭再干。"

良子已经走出去，戴上棉手套，拿着扫帚上了屋顶。春花看了一眼，转身回屋里给丫丫安排饭。

雪下得很厚，良子用铁锨一锨锨地把雪从房顶上铲下来，一会儿脸上就淌出了汗，热气腾腾的，良子浑身发热，索性把棉袄脱了，向院子喊："嫂子，给我接着衣裳！"

春花接过房上落下的棉袄，看到一只袖子破了个洞，露出了里面的棉绒，于是春花就进屋拿起针线缝起来。

左邻右舍的人家都开始起来扫雪了，看到良子在房顶，都和他热情地打着招呼。

"良子来了，早呀。"

"吴大伯，早。"

倔强的青春

"良子,到我家里吃饭来吧?"

"不了王姨,我一会就回去。"

王姨说:"良子,大姨跟你说几句话,你扫完雪到我屋里坐坐。"

良子脸上有点泛红,抿了抿嘴唇说:"行。"

雪扫完了,刚露出头的太阳又让阴云遮住。良子跺了跺脚上的雪,进了屋里,春花已经把棉袄缝好,递给良子。

"快穿上,别感冒了。"

良子憨憨地应着声,把棉袄穿好。

"王姨叫你了!"春花说这句话时头略微低了低。

良子说:"听到了,我这就过去。"说完就抹头出了屋。

春花看着良子的背影,鼻子一酸,一颗大大的泪珠落在了手上。

良子到了王姨家里,王姨热情地为他递上烟:"良子,我问你,那事你考虑得怎么样了?"

"王姨,容我再想想。"

"想啥呀?"王姨是个快言快语的人,"如果你妈不同意,我去做她的思想工作,春花对你好,你也对她有感情,这一片儿人的眼都跟明镜儿一样。"

"可是……"良子说话有点支支吾吾,"可是春花是我嫂子呀!"

"行了,什么思想,春花虽说带了个孩子,但也是贤淑能干的好女人,想找个像样的男人不是没有,那个

第一辑 情警万象

王老板托了我好几次,你这里再没结果,我可就给他介绍了。"

整整一天,良子都在回味王姨的话。晚上良子合上眼,梦里他又回到了那次围剿毒贩的战斗。

"良子,发催泪弹,我来掩护!"特战大队队长高喊着。

良子端着微型冲锋枪几个滚翻就跃进了壕沟,对伏在林子里的毒贩投了一颗催泪弹。对面的毒贩抱头鼠窜。硝烟中,良子侧面突然冲出几名持枪匪徒,一阵扫射将良子压制得抬不起头来,将他围在了核心。

"良子!"队长从后面挺身跃出,几个点射就放倒了两名毒贩,而另一个毒贩的子弹也穿透了他的前胸,队长倒在良子身旁。良子抱着队长的身体嚎啕大哭,他永远记得队长最后说的那句话:"替我照顾好你嫂子和孩子。"

良子从梦里骤然惊醒,出了一身的冷汗。

窗外北风呼啸起来,天气预报说气温还要下降……

半个月过去了,良子好久没有去春花那里了,他尽量控制自己不去想那娘儿俩。他觉得春花如果能找到一个更合适的人,比如那个王老板,有钱有车的,能让春花和丫丫更幸福,就是最好不过了。

良子和同事下乡到乡镇里调查一起案子,踩着厚厚的积雪走在街上,听到旁边乡卫生院里有人喊他,仔细一看竟是王姨。

良子问:"王姨,你到这里干什么来了?"

倔强的青春

"良子，你好久没去春花那里了吧？"

"嗯。"良子有些不好意思。

"春花这人真是命苦呀！"

良子听出来话里有意思，忙问："春花怎么啦？"

"你不知道，丫丫夜里突然发高烧，春花大深夜一个人背着孩子来看病，在雪地里连摔带跑的，我这不是听说赶过去瞧瞧吗！"

良子听完脑子嗡地一下响，心里热浪翻滚，直步就向卫生院里走。

卫生院病房内充斥着来福水的味道，春花一脸倦容地半倚在丫丫的病床前。

门"哐"的一声推开了，良子一步就迈了进来。

"良子，你怎么来了？"春花很惊讶。

没等良子说话，后面的王姨就搭腔了："是我告诉良子的，"又仿佛自言自语，"这娘俩以后的日子怎么得了哟！"

良子似听非听的，脸色一红一白，俯下身子看病床上的孩子。

丫丫看到他，伸着苍白的小手，呜呜地哭泣起来："良子叔，良子叔，你怎么不来看我了？你把我忘了吗？"

良子眼圈一红。

"叔叔错了，叔叔不该离开你们！"

"良子叔答应我，不走了行吗？"

"叔叔答应你。"

"你和妈妈拉钩！"

第一辑　情警万象

"拉钩！"良子哽咽地抬眼看着春花。

春花迟疑着，看着良子诚恳热切的眼神，缓缓地把手指伸过来与良子的手指紧紧地扣在了一起。

王姨开心地笑着，整个房间里暖融融的。

窗外一缕和煦的阳光照进来，冬天的最后一股冷空气终于过去了，春天来了。

老　茶

老茶脸上出现了点为难的表情，压低声对我说，不好说，不好说。

老茶姓啥名谁我们不去计较，因为经营茶生意所以许多人都称呼他老茶。

老茶是春节前来到我们这个地方的，据他说，我们这地方群众文化氛围浓，水质好，经营茶生意肯定会不错。老茶天生是个买卖人，开个工夫茶店不叫茶吧也不叫茶馆，却打出个古典古香的招牌——茶肆。

品茶是一种心情，尝的是茶的味道。一看，二闻，三品，注重茶的色香味，讲究水质茶具，喝的时候又能细细品味。通过品茗来修身养性、品味人生，达到精神上的享受。品茶讲究审茶、观茶、品茶三道程序。茶水进入口中要品茗，不要大口吞咽。闻香之后，用拇指和食指握住品茗杯的杯沿，中指托着杯底，将茶水分三次

倔强的青春

细细品啜，这便是"品茗"了。老茶每每说起茶道那真是口若悬河滔滔不绝。

我来店里喝茶都是在同事王童的怂恿下过来的。王童的父亲是市委副书记，这种身份不得不让人对他刮目相看，更甭说眼观六路耳听八方的老茶了，包括他那个阿庆嫂似的女人，两口子可真是"垒起七星灶，铜壶煮三江，来的都是客，全凭嘴一张。"对我们是格外热情，一来二去老茶就和我们熟识了。

几天前，茶肆的窗户让人给砸了，老茶可怜兮兮地对我说，邱所长，我在这里经营不下去了，这里人排挤我。

我没有表态，做着简单的记录采集现场照片。我问他，有嫌疑对象吗？

老茶脸上出现了点为难的表情，压低声对我说，不好说，不好说。

我说老茶你别吞吞吐吐的，这样不便于我们开展工作。

老茶说，我怀疑是王童干的，

我脸上没有露出什么异样，你有什么根据？

老茶说，你不晓得哟，我半月前给王书记送了点茶叶，过不了几天，那王童还说要些，我又给了些，我这人喜好交朋友，你们警察不容易哈，他张开嘴我也不能驳，可是总是要，我也搭不起撒。前天王童又说要上品观音茶，我就推说没有了，王童的脸上当时就阴下来了，很吓人哈！这不今天我的窗户就碎了，小人哟！

我听了不置可否，这件案子后来也没有查清怎么

第一辑　情警万象

回事。

那日我这儿来了几个警校同学，午饭后我请他们到茶肆里品茶。老茶和他女人服务非常周到，显得我很有面子。临走时，老茶拿出几袋铁观音让我捎着，老茶说王童的那些话，我记得真真的，我不想授人以柄，当然是要付款的。

老茶说什么也不要，末了还是他女人说，收吧！不收邱所长过意不去，我给了他五百块钱。

不几天，同学到南方出差，给我打过电话，说，咱让那南方两口子糊弄了，我问何以见得？同学说老茶的茶叶在他们本地是次等品，他只是换了下包装，最多值几十块钱。

我心里这个气，这老茶赚钱也忒黑了些，我打定主意，以后不去茶肆了。

过了一个月，我看到老茶的茶肆关着门，贴着出租两个字，布幌也不见了。

那天我正在午休，王童气呼呼地走进来，对我就说，邱哥，知道老茶的手机号码吗？

我说知道呀，不就是那个末尾999的吗？

王童说，不是，老家伙早换了，

我说，咋啦？

王童说，老茶知道我老爷子是市领导后，天天往我家跑，那腿和嘴勤谨得要命，求老爷子给他贷点款。后来老爷子见他也符合政策规定，就帮他申请了十万元的无息贷款，说好每月分期还款的。可到了时候，银行找他，

倔强的青春

他敷衍银行，嘴里说得比他的茶叶还香。我也去了几次，到那老茶就给我沏水泡茶，什么话都没有，然后就给我几包烂茶叶打发我走了。现在可好，这老小子没影了。

我听王童叨叨完，忽然想起什么事情来，我说王童，你知道老茶的玻璃是谁砸的吗？

嗨，这事情呀，是西街吴二干的，后来赔了他一千块钱呢？

我心里说，这事老茶也没和派出所沟通一下。

吴二茶店的进货渠道和老茶是一个地方，老茶就在当地告诉批发商，不给吴二好茶，后来不知道怎么吴二知道了，和老茶理论了一番，老茶和他女人能说会道，把吴二气了个心脏病复发。吴二的儿子才在晚上把他店里的玻璃砸了，后来吴二家听说老茶报案，老茶逢人说和邱所长关系不错，对方怕事就求人调解，给了老茶一千块钱，那几块玻璃连一百都不值，这个老小子太阴损了。王童咒了一句。

我再见到老茶是在一年后，老茶因为诈骗罪被羁押在看守所里。我正巧调入看守所任所长。路过监室时听到老茶眉飞色舞地正对几个号犯高谈着茶经，什么茶用多高温度的水，沏、冲、泡、煮方法很不相同，观茶是看茶叶的形与色，茶叶一经冲泡后，形状就会发生很大的变化。

我喊了声老茶，老茶喊声"到"起立站好，毕恭毕敬。

我笑了笑从门口走过去，听到老茶得意地对别人说，邱所长和我是老交情了，没少喝我的茶，

第一辑　情警万象

我可以想象得到，那些人正对老茶露出一种无比仰慕的目光。

连锁反应

尸体是一位在早晨遛早的老干部发现的，我们提取了现场遗留的毛发和分泌物，初步判断张颖被人强奸后让人用手掐住脖子窒息致死……

我三月份去河南郑州参加了一次文学笔会，期间认识了一位姓侯的朋友，巩义人，性格深沉，文笔也好，推心置腹地聊了几次，挺合拍，可交。

笔会结束后，我俩坐同一列返程火车，到达巩义市的时候，侯哥非得拽我下来到他的地盘让他做主一次，我开始推辞，后来见他确实挺诚心诚意，就恭敬不如从命了。当天晚上侯哥在他的地盘找了家中档酒店，叫豫康会馆，同时约了本地几位关系相当铁的朋友陪我，桌上侯哥把我捧得非常高大上。

给我印象最深的是一位酒厂的老板，亲和力挺强，侯大哥介绍说是康百万酒业集团的老总，姓孟。按孟总介绍这康百万白酒也有三百年历史，清朝老佛爷也亲自品尝过，慈禧太后喝过的酒那就是贡酒，现在凡人可以喝，以前想都不敢想。孟总一介绍，酒就喝嗨了情就浓了，那天喝了大概有七八两，真还没有什么不良状况，我也

倔强的青春

喝过别的白酒，喝完不是胃难受就是头疼得厉害，这康百万酒入口什么样儿喝下去还什么样，否则我这酒量非得酩酊大醉。

第二天向侯哥辞行，侯大哥开车送我，兄弟之间难分难舍，到了车站，大哥从车后座拎出两瓶酒，我一看正是昨晚那位康总带来的"康百万"酒，大哥说人家康总非得让你捎着两瓶，你们那里肯定没有卖，带回去给亲戚朋友们尝尝吧！真是盛情难却。

回到家后，我就把两瓶酒随手放到储藏间了，我不是有酒瘾的人，一般饭局我是滴酒不沾的，在家则更是。这两瓶酒我本来想等中秋或者过年的时候，家里招待个亲戚朋友的时候再拿出来，可是没多久就被我外甥给拎走了。

那天是礼拜六，外甥开车拉着二姐过来看望我家老爷子，外甥爱喝酒，也觉得我这个公务员老舅不太清白，来我家不捣鼓点东西走就觉得来趟很亏。跑到储藏间就找有什么可以顺走的东西，一眼就看到了这两瓶包装精致的酒，二话不说，拎着就推门走人了，我爱人看到他把酒拿走了，倒是高兴，谁喝不是喝呀。

外甥自己经营五金电料，生意上的需要加上本性好交，朋友很多，其中不乏精英之士，自然也有卑劣之辈。这外甥从我家门口出来，就开始打电话联络四方英雄好汉，相约北市区"东北铁锅炖鱼"集合聚餐，口号是有好酒品尝，后果是谁不去谁是"那个"。人人都能算计出来了，有好酒喝还不当"那个"是最佳选，个个答应

第一辑　情警万象

得爽快。晚宴如约举行，这朋友多了有一定的益处，也会有一定的弊端，外甥高中的一位同学叫赵学志，小名"黑子"，人如其名，长得黝黑心眼也黑，是嘴上说好，心里说不好的主儿。三年前借了外甥三千块钱，当时说几个月就还，过了几个月就拖一年，一年拖两年，到以后见面黑不提白不提了，按说三千块钱，在谁那里也不算什么，但这事让人堵心。

本来这次酒场外甥没有叫这个"黑子"，可偏偏其中一个被邀请的人不清楚外甥和"黑子"有这个过节儿，就喊他一起过来了。这黑子蹭吃蹭喝惯了，也没问谁请客，进屋才清楚是债主做东，这酒也就喝得不痛快了。酒才过三巡，这外甥和"黑子"就翻脸了，这"黑子"嘴上再能说，欠钱不还在众人面前也是摆不上台面。抬屁股抽身就想走人，外甥早怒上心头，端起一整杯"康百万"，"哗"地一下全泼到黑子前胸上。外甥这一动手，却称了黑子的心意，这小子想，钱我是更不可能给你了。

外甥这边就不用说了，钱甭指望要了气出了酒场继续。再说这个"黑子"赵学志被外甥这么一闹，自知理亏，灰头土脸地就顺着北市区白马湖带状公园走。公园灯火掩映，男男女女花前月下，女孩儿少妇风姿绰约，香气袭人。赵学志走了会儿，在角落里找了条长椅边休息边看景致，看来看去心猿意马，这男人要不怎么说没出息呢。赵学志的媳妇儿这几天回了娘家，雄性激素在他粗鄙的躯体里憋了好几天了，刚又沾点酒，欲火中烧，可就在节骨眼上，住在带状公园南侧明珠小区三号楼二

倔强的青春

单元502室的四中化学女教师张颖，刚刚因为和爱人家务事儿拌了几句嘴，独自来到这公园散心，穿着小褂和短裤、凉鞋就跑到公园来了。她应该是想在这里找个偏僻没人的地儿待会儿，等互相没气了再回去，可偏偏黑灯瞎火的，撞上了饥渴难耐的赵学志。

赵学志正在长椅上摸着命根子正愁没地方泄欲，少妇张颖的出现顿时让他血脉贲张。当张颖走到长椅旁，看到有个男人在那里的时候，她犹豫了一下想离开，可刚一转身，赵学志如狼似虎地扑了上去。

本来这个案子案发地和我们南市区分局没有什么关系，可当天凌晨北市区分局技术队民警正处理另一重大盗窃案件的现场，所以，市局要求南市区技术人员进行现场勘查，当时我正在单位值班，收到上级指令自然不敢怠慢，我和小吴带着家当开车就过去了。尸体是一位在早晨遛早的老干部发现的，我们提取了现场遗留的毛发和分泌物，初步判断张颖被人强奸后让人用手掐住脖子窒息致死。

在我们对尸体进行检查的时候，我的鼻息中就嗅出怪怪的酒精味，我问小吴，你闻到了吗？小吴说，闻到了，是死者身上散发出来的，是酒。小吴一说到酒，我犹如醍醐灌顶脑子霍然洞开。

康百万茅台52度酒虽也属于酱香型但它又区别于贵州茅台与河北迎春，在现场随风散发出来的那股久违的酒香，让我热泪盈眶。

🢂 第一辑　情警万象

卢达比老人

　　老人在他们到来之前已经去世了。米沙的母亲仔细端详着老人，然后摇了摇头，说不是他……

　　莫泊桑镇警署值班电话铃响起，警员艾尔肯接过电话，接警员向他转达处警任务，艾尔肯得知报警人电话后，拨了过去。

　　先生，请问刚才您报警吗？

　　噢，是的。

　　请问您报警需要什么帮助？

　　噢，警官，你也知道，我是个老人，在我的家中我只有我自己，当然还有我的米沙……

　　先生，我们是想证实一下，您报警有什么需要？

　　警官先生，我的米沙它现在在摇篮里睡得很香，你知道它是多么招人喜爱。

　　先生，好的，您的米沙是男孩是女孩？

　　警官，米沙是我从路上捡来的一只猫，它周身黄色，看上去很柔软的黄色，像缎子，对，就像缎子。

　　先生，我知道了您的米沙是一只猫，您很喜欢它，它现在正在摇篮里睡觉。

　　对，对，您说得很对。警官。

　　那和您的报警有什么关系吗？

倔强的青春

警官是这样的,我和我的米沙在我的家中,你知道我很孤独。

很孤独?

对,很孤独,只有米沙在我身旁陪着我,你知道我是个老人,风烛残年,也许我们通完电话我就会死去,我再想我的米沙怎么办……

警员艾尔肯忽然明白了,电话那头的老人,可能是非常寂寞,只不过想有人陪他听他倾诉。

先生,我非常明白您的感受,这个电话是报警热线,我马上用我私人的电话拨过去。

那太感谢您了,警官。

艾尔肯是个热情洋溢的小伙子,他放下电话,拿起自己的手机,又按照刚才的号码拨了过去。

先生,这是我私人的电话,你有什么话可以和我说了。

年轻人,真的万分感谢你,我,我这个老人真的很不好意思,我想我是不是在耽误您的宝贵时间。

没关系的,先生,如果您觉得我们可以沟通的话,我们是可以成为好朋友的。

好朋友,好朋友?我是有朋友的,我的朋友是巴扎地区那个老猎人索夫,可是他当年借了我不少钱就从此不见影子了。那些钱其实没什么的,就是他现在回来我也不想追究他的,当年我们是多么好的朋友。我还有个朋友是苦库镇的伊万,可他在前年因为脑溢血死了,那是个比我还可怜的家伙,你瞧我的朋友都离开了我,有

第一辑　情警万象

个朋友真的十分高兴。

先生，还没有问您的名字呢。

小伙子，我叫卢达比，卢达比，一个很孤独的老头。

卢达比，很高兴认识你，我叫艾尔肯，来自加利福尼亚州的艾尔肯。

艾尔肯，我也很高兴认识你，你是这些年来第一个和我交朋友的人。

卢达比，能不能问问您的家人现在在哪里？

噢，艾尔肯，我的夫人和我二十年前就离婚了，她带走了我的女儿米沙，我最可爱的女儿，从此我就一个人生活了。

艾尔肯心里一阵悸动，这位老人真是值得人同情。

卢达比，你是怎么想到打报警电话的？

警官，噢，不对，艾尔肯你知道吗？我的女儿就是你们接警员米沙，所以我只是打电话来听听我女儿的声音。

你经常打吗？

是的，我想念我的米沙，你知道她的声音很好听。

艾尔肯更加难以抑制自己的情绪。

那么米沙知道是您吗？

不，她不知道，她离开我的时候，才七岁，现在她一定出落成天使了。

是的，米沙她是天使。虽然艾尔肯也不认识那位米沙接警员，但他还是顺着老人意识说下去。

难道您不想见见米沙吗？

63

倔强的青春

噢，当然想，可我怕给她带来伤害。你知道，她七岁离开我，我作为父亲却一丝一毫没有爱过她，我很愧疚。

不要这么想，米沙一定会原谅您的。

对面老人很长时间默不作声。

艾尔肯用安慰的语气又说，卢达比，今天我们到这里，你能告诉我您的地址吗？

噢，可以的。

哈里斯堡市郊肯德尼克镇农场。

好的，地址我记下来，我想我抽时间会找你喝几杯的。

小伙子，那太好了，我期待……但您一定要记住答应我照顾我的米沙。

好的，卢达比，你放心，我会照顾好米沙的。

艾尔肯放下电话，难以抑制心里的那种激动，他觉得他有必要将这件事情和那个米沙接警员谈谈，让她见见这位老人，这位她生命中最重要的人。

艾尔肯深思了片刻又拨通了接警处的电话，您好，请问米沙警员在吗？

米沙刚出去，马上回来。

艾尔肯感觉老人没有说谎。

不一会，电话里一个女孩声音出现了，请问是您找我吗？

噢，是的，我是莫泊桑镇的警员艾尔肯，我想有件事打扰您，您是不是出生在哈里斯堡市郊？

第一辑　情警万象

是的。

您现在是不是和您母亲生活在一起？

是的，因为我七岁那年我母亲和父亲离婚了，我是随我母亲长大的。

艾尔肯很兴奋，为了卢达比老人。

米沙警员，我刚才接到了一个电话，我想我了解到有关您的一些情况……

艾尔肯将事情的缘由说了一遍，电话那头的米沙好长时间出现一段空白，最后米沙答应和她年迈的母亲去商量商量。

艾尔肯觉得自己做了一件很有意义的事情。

不几天后，米沙果然联系艾尔肯，母亲终于答应她去见自己的父亲，并且从心底也原谅了他。

艾尔肯在城市的一角与美丽的米沙见了面，当然还有米沙一直寡居的母亲。

三个人怀着三种心情踏上了哈里斯堡市的道路。

按照卢达比提供的线索，果然找到了哈里斯堡市郊肯德尼克镇农场。他们逢人就打听那位卢达比老人的住处，人们都摇头否认，因为谁都没有见过这位老人。艾尔肯还是很聪明的，他通过查询电话地址找到了卢达比家的房子。他们走进那座荒凉的院子，轻轻推开房门，屋里空荡荡的，家具上布满了尘土，显然好久没人打扫过。

这时"喵"的一声，在客厅角落里的摇篮中，一只金黄色猫咪跳了出来。艾尔肯很高兴地喊，米沙。

倔强的青春

喊完艾尔肯的脸红了，那个米沙姑娘诧异地望着自己。

猫咪带着他们进了卧室。一位白发苍苍的老人背对着门坐在轮椅上，面前是一扇打开的窗子，他们三个人走过去，老人都没有任何反应。

艾尔肯转到老人面前，发现老人眼睛微闭，仿佛是睡熟了，他伸出手去探了探老人的呼吸，气息皆无。身体还尚存着余温。

老人在他们到来之前已经去世了。米沙的母亲仔细端详着老人，然后摇了摇头，说不是他。

艾尔肯很是惊讶，不是卢达比吗？

是的，不是我的前夫卢达比，当然有可能是另一个卢达比。

我的前夫是个醉鬼，他平生就是喜欢酗酒，他的身体也没有残疾，身体壮得像头骡子，他的脸上还因为打架有块伤疤，很显然这个人不是。

米沙挽着母亲的胳膊忧伤地走出去。米沙问，我的父亲在哪里？我不想再看到另一个卢达比这样离开人世。

母亲注视着米沙的目光，感觉女儿长大了。

艾尔肯心中充满着疑惑和难过，那只猫咪跳到老人怀里久久不肯离去。

第二辑　人在江湖

　　强中更有强中手，一代更比一代强的脍炙人口的江湖侠义故事、历史事件逐一展现，武林里有血雨腥风，有风花雪月，更有正义、勇敢、无畏和善良。

快　刀

　　电光火石之间，一道人影一条白光射入场心，惊如电闪迅如鬼魅……

　　我叫骆莫，是这清风县衙的一名捕快，在这之前我只是个江湖的浪子。捕快是个既有面子又没面子的差事，说有面子是在老百姓面前穿着官衣狐假虎威，说没面子见了那些当官者有钱人还要卑躬屈膝，这些我都做得有些勉强。所以捕头和县令很看不上我，若不是县衙实在缺少人手，可能我早被除名了，

　　清风镇坐落在三州交界处，是出入三州必经之地，

倔强的青春

来往客贾商贩很多，每一逢七是清风镇大集。

今天是农历四月初一，在镇西牛街广场上，已经聚满了老百姓。武林中南刀王夏方和北刀王刘千将在这里举行刀王之争，许多武林人绿林人也都赶来观看。我和几名捕快已经到现场维持秩序，县令唯恐出现麻烦，叮嘱我们见机行事。

其实我很懒得看争强斗勇，谁是刀王又有什么关系，江湖是虚荣的江湖。

秩序不需我们维持，两位刀王的弟子早把场子料理井然，我看到了许多熟悉的江湖面孔，少林、武当、峨眉、崆峒等等，真是高手云集。我打了个哈欠，看到赵捕头九岁的儿子虎子也在人群中挤来跑去，那个年逾花甲的老奶妈想拉也拉不住。

比武开始了，夏方先出手，他身材矮小一路地趟刀攻击刘千的下三路，在极短的瞬间，疾攻出十几刀。

五大三粗的刘千四肢发达，头脑却不简单，他的身子陀螺似的旋转旋转，一柄缅刀使出来将自己身体罩在白芒之中，顿时金铁之声不绝于耳。

夏方三十六招地趟刀用尽，凝形撤步刀走偏锋，华山刀法凌厉劈出，当年夏方凭此刀法诛尽武夷山十盗，南刀王之名声震武林。刘千不敢怠慢，看夏天变招，大喝一声，好刀法！闪过一刀后，他那把又长又窄的缅刀突然如银瀑一般，迎着夏方的刀光急卷，脚下踢出十二路谭腿，刘千自幼习练谭腿，后改习刀法，在京城武状元比武中，五大镖局总镖师刘千谭腿缅刀并用，一举

第二辑 人在江湖

夺魁。

广场之上,寒光闪烁,两名高手闪转腾挪,震耳不绝金铁撞击之声时时响起,时不时引来围观百姓和江湖人士的喝彩惊叹声,我看到虎子也从看热闹的人群中钻出来,那个奶妈不知在哪里,估计正着急找他。

此时场中夏方和刘千的刀势越来越沉,两个人的体力消耗殆尽,衣衫已经让汗水湿透,所有武林人都清楚决胜时刻马上到来。果然,夏方和刘千双刀交击在一处,两个人向后迅疾一跳,随即杀出,夏方终于使出他的必杀之技——鹤舞九天。刘千缅刀做剑,刀人合一,对夏天最后一刺。

所有人屏住呼吸瞪大双眼,目睹这胜负一刻。谁也没注意到虎子,这个小孩子在这关头颠颠地跑进了场地中央,站到了夏方和刘千交战的中央,也就是站到了两位刀王攻击点的正中心。

夏方和刘千攻击已出,谁都不能让招式停止,虎子站在那里天真地笑着,他想象不到自己的脑袋身子将要四分五裂。人群中有人已经闭上了双眼,谁也不愿看到这惨烈的一幕。

电光火石之间,一道人影一条白光射入场心,惊如电闪,迅如鬼魅。我用单刀封挡住夏方的短刀,同时左手一指禅功将刘千的缅刀弹掉,四周一时沉寂如水,刀王之斗结束了。

夏方和刘千站在场地上面无血色,用忐忑惊疑的眼光看着我,我抱起虎子从地上随手捡起一件东西走出

倔强的青春

人群。

走出好远，夏方和刘千追上了我，夏方对我说，老弟，你是真正的刀王。我微微地笑了笑，我说我不是。刘千说，你刚使的刀法是落寞一刀，你就是武林中传说的刀王骆莫。

在他们的诧异中我走了，我说我不是刀王，我真的不是。

我来到赵捕头家里，直接就去了奶妈的厢房，奶妈正坐在床榻上安闲自得做着女工，见我进来给我倒茶。

我坐下来，喝了口清茶，将手里的东西放在桌子上，转身离开。

我不是什么刀王，我叫骆莫，只是清风县里一名普通的捕快。

我放在桌子上的东西是把寸长的小木刀，是那个老奶妈用小手指粗的枣木给孩子雕的，就是这柄小木刀，它将刘千的缅刀震偏，我才侥幸躲过。在这之前小木刀始终在奶妈手里。

王者之剑

玉玲珑说，我要的不是你的剑，是你身上最重要的东西……

师弟说祖师叫我。

第二辑　人在江湖

我收起剑，整理好衣衫，随小道士来到祖师堂前。

祖师对我说，你回大都吧！

我不奇怪，大都是我熟悉的地方。

祖师从太极殿内室取来一檀木剑匣说，里面装有绝世名剑，去大都献给太祖皇帝。

我将剑匣背在身上。祖师说，你可以在终南山上任何地方挑一柄剑防身。我用手一指剑林中那柄墨色浑然的长剑，

祖师问我为何选它？我说它像我的眼睛。随后我上了路。

我的祖师是全真教主丘处机，太祖皇讳为邱神仙。邱神仙送给太祖皇帝的宝剑，一定是无与伦比的宝剑。

所以一路上我万分小心地看护着宝剑。

在龙江客栈里三个初出江湖的毛贼，夜间窃剑被我切下了三只手掌。

路过四平山下，绿林响马赵一赵，问我留头还是留剑。我只好留下了他的头。

峨眉派的副掌门柳风风在黄河渡口等了我三天，他说等待是煎熬的过程。柳风风是剑中之主，他等我就是和我一决生死。他不想错过每一次论剑的机会，也就是求证生死的机会。我无法回避。我取出墨剑，明显看到柳风风的嘴角里掠过一丝嘲讽。

墨剑一出就把他的金柳剑削断了三截，剑就是剑客的生命，剑亡则人亡。柳风风挥断剑割断了自己的喉咙。

我只是叹息。我不喜欢杀人，是我背上的使命，让

倔强的青春

我不得不如此，我三天孤单地向北行走。直到第四天，兵器交击的脆响和娇喝的呐喊声，使我止住了脚步。转过山坳，四大名剑正围着雪山派掌门玉玲珑争斗，玉玲珑拼死招架，粉红罗衫被剑气撕扯得春光闪现。我拔剑冲入中心，以一敌四。

全真剑法施展出来，手中剑如乌云盖雪，广平剑第一个肠子流出吐血而死，凉州剑的双臂被齐刷刷地削掉倒地后再没起来。岳阳剑、朔州剑中剑后夺路逃走。

玉玲珑身上的丝衣已经难裹丰硕的身子，她的双乳上下起伏着，我闭上眼睛闭不住燥热的心，为她敷好金创药，玉玲珑的玉眼勾住我的魂魄，她抓住我的手放在了她的胸上。

我是名剑客，更是男人。

我就这样和玉玲珑继续向北行走，翻过了雾灵山、娘娘岭，到达黄河泛区。一路哀鸿遍野，民不聊生，逃荒的难民成群结队。盗贼与官府勾结，奴役、削剥百姓。玉玲珑愤恨地说，大宋子民遭此苦难，都是蒙古鞑子之祸。我则不语，把身上的银子悉数都给了她。玉玲珑四处布施，十天路程，资财耗尽。我们杀了大名府贪官，打开了粮仓周济灾民。

我怀疑过玉玲珑，当我用疑虑的眼光审视她时。

这个女人的回答没半点羞涩。

我要的不是你的剑，是你身上最重要的东西，

前面是一马平川的草原，有蒙古骠骑引我们去见哈丹王爷。哈丹已经在中军帐内设好酒宴，为我洗尘。每

第二辑　人在江湖

个碗碟奶茶奶酒，玉玲珑用银簪偷偷试过。我和哈丹喝酒时都想着心事，哈丹借着醉意，提出打开剑匣预先观赏，我回绝了，没有见到皇帝，任何人都不可能。

哈丹奸笑一声，让军师取出一剑，说此剑可否与你匣中之剑争锋。我淡然摇头，米粒之珠岂配与宝石争辉，鄙劣之臣焉与明主媲论。

哈丹恼羞成怒，摔杯示警，只说一字：杀！

我挥剑刺死十几名近身卫卒，玉玲珑舞动双刀紧随杀出，蒙古骑兵将我们围得水泄不通，我和玉玲珑舍命苦战。不多时我的脚下尸体堆积如山，而死士仍前赴后继，玉玲珑已全身是伤，我的背上也被刀戈刺破，鲜血直流。我杀倒几名兵将，将身上檀匣抛给玉玲珑，我不想宝剑落入奸贼之手，更不愿玉玲珑陪我战死。我且战且退掩护玉玲珑跳上战马突出重围，剑在我手里愈发沉重。

千钧之际，一阵长长的金鼓号角声传来，所有兵士皆停止不前。我趁势掏出御赐金牌，高声喝道：凡成吉思汗子民，见此物者，如见圣主。哪个若不俯首，殃祸九族。

紫禁城内。传反王哈丹自缢，叛军平定。岳阳剑、朔州剑已被河间府缉拿。玉玲珑没有逃走，校尉献上空空的剑匣，我目视玉玲珑，她凛然无惧，蒙古鞑子，我说过我要的不是剑。

玉玲珑要的是我的命，所以联手四大名剑，但她最终放弃了各种杀我的机会。

剑匣本就是空的，我手中剑才是匣中之物。太祖皇帝告诉我的时候，玉玲珑正昂首走向午门，乌黑的秀发在湿润的天空飘散飞舞。

祖师说过，做一代君主，仁者方可成就天下。

我手中的湛卢剑让人感到的不仅是它的锋利，更是它的仁厚和慈祥。

我是蒙哥，监国拖雷长子，太祖成吉思汗之孙。

金阙斧

那少年道，世叔自称所办差案洁廉秋毫，我却闻知你一事做得不对……

丁捕头在六扇门里三十年，感觉精力大不如前，欲回沧州老家颐养天年。这天向府尹递了辞呈，与众位兄弟依依道别。

翌日五更头上丁捕头起身，收拾好行装，洗漱完毕，将盘缠裹在腰上，两只开山斧插在腰间，拉过枣红马催鞭启程。

丁捕头与别的六扇门兄弟有一好大不同，捕头一般兵器多是弯刀，棍棒，钩叉，或是有个别人用枪和弓箭，唯独丁捕头使用一对钨钢开山斧。且斧上功夫独处一门，随你悍贼强盗官府通缉的要犯，没有几个能从他的斧头下逃掉。开封府尹包拯包大人，亲书小楷金阙二字刻于双斧之上。

丁捕头这一日行至广平府境内，思忖此一去回乡，恐怕再也不能回来了。广平府还有一个老朋友校尉杨展该去道个别，想罢丁捕头就催马进了广平府境内。

杨展闻听老朋友来了，亲自出迎。晚间，杨展约了几个军中的朋友一起为丁捕头设宴洗尘。并向众位一一作了介绍，当然把丁捕头高抬了几句，无非是大内名捕武功高人等等。

丁捕头一时兴起多贪了几杯，不免也是心中豪意顿生，说话就无拘束了。席间有人问丁捕头，斧头之下可有漏网之贼？丁捕头回说，受之俸禄秉公职守无一懈怠。

这时座中一声冷笑，站起一位十几岁的黑脸少年，乃是杨展之子。少年说，既然丁捕头武功卓绝，不如施展手段让大家开开眼。丁捕头嘴里谦虚，心中暗想不露几招真的恐人笑话了。

他起身脱掉长衫，紧了紧束带，掣出阙斧猛然投出。阙斧裹动风雷之声直取院中梧桐。只见丁捕头双腿一弹，如箭射出，瞬息间人到斧前将斧柄抓住。坐中人惊呼好身手，少年也面露敬意，鼓掌走到丁捕头身前，对丁神捕说：前辈可以借我斧头一看。丁捕头不知这少年何意，将两只钨钢板斧递给少年，只见那黑脸少年抄过板斧，一个箭步跳到天井院中，一套八八六十四路天罡斧使将起来，呼呼作响，人们只看到双斧的寒光，不见少年的身影，院中梧桐的枝叶被斧子的劲道摧动得摇晃。丁捕头心说，真乃英雄出少年。那少年收势气定神闲，面不

倔强的青春

改色。丁捕头抱拳称赞，子侄功夫了得。杨展恐二人言语过激，上来呵斥少年无理。

第二天丁捕头吃罢早饭和杨展拱手告别。又向前走了几里路，前面出现一个峪口，丁捕头勒住坐骑，远远看见有一人站在路中。丁捕头催马走过去，见正是那少年。那少年拱了拱手，子侄等候丁世叔多时了。

等我何事？

少年道，世叔自称所办差案洁廉秋毫，我却闻知你一事做得不对。

请子侄明示。

当年您差办中州大盗一枝梅时，放纵一枝梅走脱，至今下落未明，所盗金银珠宝不知去向，此事难道世叔暗厢里操作？

丁捕头脸上一红。

世叔此举有负金阙之名，我特来取斧。

丁捕头淡然一笑，子侄如果看中这对物件，我送你也罢！

少年冷笑一声，从背后取出一对板斧，和丁捕头的一般无二。

我要让你见识见识，什么是真正的金阙。

说罢直取丁捕头。丁捕头只得从枣红马上跃下，和少年杀在一处。

那少年舞动双斧，招招力道凶猛，丁捕头把全身本领施展出，一时间少年的兵器也近不了身。俩人斗了个天昏地暗，几十个回合不分胜负。少年气盛勇猛，那丁捕头渐渐体力不支，少年也看出端倪，斧头使得威风，将丁捕头罩在其中。丁捕头脚下不知怎的一个磕绊，人倒退几步，少年的双斧趁势一记横扫千军，将丁捕头的兵器击飞。

丁捕头定住身形，擦了一脸的汗水，拱手对少年道："多谢世侄手下留情。"

少年心中得意跨上战马。对丁捕头说，以后休得再提金阙二字。

少年催马扬鞭回到家中，见杨展正在前堂内品茶，少年双手捧着丁捕头的金阙斧对杨展说，什么神捕本领，不过如此。

杨展一见眉头紧锁，对少年说，先把斧子放好，我为你讲一件故事，你仔细听来。

在十八年前中州出了个有名侠盗，自称一枝梅，专门盗劫贪官污吏的财物，每每得手就去救济穷苦百姓。那年一枝梅遭官府通缉，身负重伤，被围困在天荡山，时值带队剿匪的正是名捕丁爷，见一枝梅身边还有襁褓的婴儿，就暗地放过一枝梅，后来一枝梅辗转来到广平府，隐姓埋名做了一名校尉。

少年怔怔地听着杨展的话，若有所思。

父亲，您的意思是？

不错！为父就是一枝梅，没有丁爷哪有今天的你我？

少年后悔莫及，起身捧斧欲出门追赶，

杨展喊了声慢！你换好包头巾再去不迟，

倔强的青春

少年转头看到铜镜中，自己包头巾的灯笼扣早被斧刃削断，少年顿时羞愧难当。他捧手中的金阙斧，汗水和泪水一并流了下来。

布衣神枪

徐四勉强着掂了掂枪，对那孩子喊：小小子，你先上来……

金枪徐四在元帅宗泽帐前做先锋，两军阵前勇冠三军，一条铁枪少遇对手，真算得上是一员虎将。

这次他奇袭金国大营枪挑了金将粘末罕，心中不免更加得意。回到中军大帐，元帅已经摆好酒宴为他庆功，两人推杯换盏都喝得尽兴。

宗泽说，金国这次举国之兵，志在必得。国家现在就缺少像将军这样的人呀！

徐四喝了一口酒，元帅，明天末将就去阵前取那个主帅完颜洪壁人头。

宗泽沉了片刻说，将军虽然枪法绝伦，但那完颜洪壁也十分了得，这世间唯有一人可以胜他。

徐四心中不悦，问此人在何处？姓甚名谁？

河北大名府，祖上是常山人，姓赵，叫赵布衣。

徐四走进了大名府北城门，扯过路旁的一个秀才就嚷嚷，你告诉我有个姓赵舞枪的人在哪个鸟地方？

第二辑 人在江湖

秀才吓得浑身发颤，这蓝脸虬须的四爷哪个见了不发怵，周围人都面面相觑，唯恐躲避不及，四爷也觉鲁莽了些，放开手。

有好多人在小声议论，这又是一个弄枪的，好威猛的身材呀！看那身腱子肉像铁疙瘩。

徐四听着顺耳，双手抱拳：各位乡亲父老，我徐四是到这里比武的，烦劳各位告诉我赵布衣的住处。

有人指引说前面那家高门楼就是。四爷大步流星向前走去。赵家大门对面有个茶摊扯着幌子。徐四爷口渴了，便先进茶摊喝水，茶坊殷勤地沏了碗茶，对四爷说：壮士您是来比武的吧？

徐四说，是！

茶坊说比武的人喝茶都不要钱的，只不过我告诉您，您比武首先要过那孩子的第一关。徐四爷瞥着眼，看到那赵家大门门槛上确实坐着个十几岁的胖小子。

徐四爷心说，这不羞臊人吗？

他喝了口茶水，大跨步走过去，来到那孩子面前，嚷了一嗓子：小小子，去叫你家大人来，我是来比武的。

那个白胖胖的小孩，只是抬头瞧了瞧徐四，一点都不惧怕，起来用手扑啦扑啦屁股，转过身从门旮旯里拿出两条木枪。然后递给徐四一杆，仍然不搭话，颠颠地走到空地上，一手持枪另一只手抹了一下鼻涕说：比吧！

徐四心中懊恼，看孩子那样儿，不比划一下还真的进不了这个门。

徐四勉强着掂了掂枪，对那孩子喊：小小子，你先

倔强的青春

上来。

那小孩把枪尖一抬，啪啦一抖，卷起碗大的枪花对徐四的心口直刺过去。口里高喝："常山枪法第一式。"徐四惊诧间那枪头已到，他用枪杆一拨紧身后撤，那孩子的枪头一变，第二式"金鸡乱点头"，直刺徐四下三路小腹、膝盖、脚尖。徐四赶忙换招，枪尖向下使个"拨草寻蛇"。

孩子腾身而起，右手枪招变式，一记"长虹贯日，"直刺徐四面门，徐四大骇，身体后空翻稳住身形。这三枪已使徐四鼻尖渗出凉汗。

徐四不得不对孩子刮目相看。他枪头一翻，徐家枪法使出。徐家枪法共为七十二路，是水泊梁山金枪手徐宁所创，徐四系第四代传人，深得徐家枪法精髓。

徐四一条长枪上下翻飞，把孩子困在当中，孩子身体灵活，不和徐四硬拼，改为南派小迷魂枪招架。两人的拼斗，引来围观人们不断的喝彩声。

徐四心说若是连个孩子都打不过，岂不坏我梁山泊后人的名声。心中一想便越发勇猛，只见他攒、刺、挑、拨、拦、架、扫，招招用狠，枪法如蛟龙飞舞。孩子渐渐动作迟滞，徐四瞅准一个空当，大喝一声，大枪将孩子枪盘住，徐四对孩子说，你认输吧。

孩子诡黠地眨了眨眼，双手一抖枪就弹开了，力道之大，令徐四的虎口发麻。徐四大怒，那孩子倒提木枪返身就走，徐四几步跟上，孩子双手抓住枪柄，陡然间拧腰纵臂，回身出枪，徐四暗叫上当，这是杨家枪法中

第二辑　人在江湖

的"回马枪"。

徐四堪堪躲过两枪，第三枪刺到了胸口上，徐四的胸口麻酥酥疼痛，如果是铁枪头，现在就已经命丧当场了。

徐四败得灰溜溜的，败得恶心。一个孩子手段如此，那位姓赵的高人又是怎般了得。

一天的光景，徐四在那个茶摊上看到，五虎断魂枪丁灿、太子枪梁太、四平枪常四平，都在孩子的枪下接连败北。徐四胸口的隐痛就越来越淡。

午后下过一场雨，他终于看到一个人越过孩子走进了赵家院子。

徐四揉了揉眼睛，他想看清这个高手到底是谁。

那人的斗笠遮住了面孔，身上披件蓑衣显得格外肃杀，灰暗鹰隼般的目光从斗笠下透出来，让徐四倒吸了一口凉气。原来是他，金国征南招讨元帅完颜洪壁。徐四咬牙切齿，金狗！杀我士卒蹂躏百姓，徐四恨不能啖其肉、饮其血。

完颜洪壁开始摘下斗笠解下蓑衣，走进二道院子中。赵家女人正在晾衣服，眼中仿佛看不见来人，将一件件衣服晾到横木上。只说了声，我家男人不在，说罢转身就向内厅走。完颜洪壁恼怒，手中蛇矛枪一抖，大吼一声对准女人的后心，刺了过去。

茶坊沏杯茶的时间，完颜洪壁脚步踉跄地走出了赵宅，脸上阴得能渗出水。孩子追出来，手里拿着拧成几道弯的蛇矛枪，对完颜洪壁说：拿走，不要再踏进我们中原半步。

徐四看得目瞪口呆。孩子过来，茶坊拍了拍他的肩膀，孩子说：爹，该收摊了。

徐四一口茶水呛了出来。

宋军中军大帐内，宗泽对面前的徐四说：那茶房就是赵布衣，而赵家夫人是岳家枪传人，岳家枪法是岳飞破金兵所创，战场之上所向披靡，完颜洪壁当然必败。

徐四深思不语。

外面探马来报，金兵已全部后退。

宗泽笑道：看来不必请赵布衣来了。

夺命锏

杀死天下所有使双锏的人。我说这话的时候，明显看到旁边几名将校面露惊恐之色……

我是新文礼，隋人。

在我十岁那年的冬天，家中迎进了一个落魄的道士。那个道士对我的相貌很是注意，我不敢多看他，总觉得我们家要发生什么。晚上道士在家中吃饱喝足后，父亲和母亲突然喷血而亡，这一切发生的时候，我就在一旁一动不动。我怔怔地看着道士，没有一丝恐惧和悲痛。

道士的手掌接触到我头部的时候，他嘴里发出很惊讶的声音。他把手伸过来拉住我走出家门的时，外面的

第二辑 人在江湖

雪下得正大，我家的茅屋轰然倒地。

我和道士在那个不知名的深山里过了十年，他每天给我服用又苦又腥的丹药，让我吃生肉喝鹿血，传授我武艺，他说等我出师了，他会带我下山享受荣华富贵。

直到有一天，道士对我说，你天赋异禀，将来会是个将才。

然后他又说，你要注意使一对双锏的人，你一定要把他杀了，否则他就会杀死你。

道士说这话的时候，我站起身来。我说这个人在哪里？

东方。

我转身就向洞口走去，当洞外一阵冷风扑在我胸膛的时候，让我不禁寒战，我扭头注视着洞里的道士。道士嘴角不停地抽搐起来，他好像读懂了某些东西，十年前的那个血腥之夜他应该不会忘记。

我将道士的头颅扔到了山下，向山下走去。

我的目的地是东方，我四处打听使一对双锏的人，一年里我杀了三十五名武师，十七员将校，只要是使锏的我都不会放过。天下的人都知道，有个新文礼要杀死用双锏的人。

那天我正在客栈里休息，来了两名旗牌官，说要让我去靠山王府走一趟。

我不问缘由地去了，那个靠山王很是一团和气，对我纡尊相对，我感觉这个老头很有趣，不笑不说话。王爷问我想不想荣华富贵。

倔强的青春

我摇了摇头，我说我父母就是因为荣华富贵死的。

那你为了什么呢？

杀死天下所以使双锏的人。我说这话的时候，明显看到旁边几名将校面露惊恐之色。

王爷却哈哈大笑。

王爷说：跟着我吧！你不是找使双锏的人吗？在我这里更容易找到。

我同意了。

我成了王爷身边的一名参将，我只对王爷唯命是从，因为王爷是个很不错的王爷，他没有给我荣华富贵，但他却给我好多的女人，汗血宝马，雁翎铠，提炉枪。最重要的是他会经常为我介绍使锏的人，我多杀一个使锏的人，我就会感到心安。

几年来，我随王爷到处征战，一个个地方的人或者使锏的人都被我杀死，我成为隋朝的一员虎将。

这样过了一年，我找了几个女人正在军中调笑的时候，王爷亲自过来对我说，东方有伙农民造反了，你去平了他们，那个领头黄脸汉子是你要找的人，杀了他，带回他的头。

我很高兴，终于又找到个使锏的人，希望这是最后一个。

十天的路程，我六天就到了，我迫切地想要杀人，我杀人已经成了习惯，一天不杀人心里就空洞和失落，尤其杀死使锏之人，那种畅快更是无可比拟。

我终于看到那个黄脸汉子了，看到他身后几千名

第二辑 人在江湖

衣衫褴褛丑陋不堪的队伍，我越发地好笑，这个和我的父辈一样面朝黄土背朝天的人，竟然想造反，真是荒唐滑稽。

黄脸汉子好像看穿了我的藐视，他问我，你是新文礼？

我说我是，你就是那个使锏的人？

黄脸汉子点头的时候，从背后抽出了一对熟铜锏。

在我遇到或者说杀死使锏的人中，这个黄脸汉子的锏法最出众，我和他杀了三百回合没有分出胜负，我们约定好明日再战。

第二天日头刚刚升起的时候，我和黄脸汉子又战在一起，那个黄脸汉子双锏真是了得，有万夫不当之勇，我感觉有些吃力，我和他战到日上三竿，汗水浸透了战袍。黄脸汉勇猛难当。我只得罢手，晚上我第一次没有要女人，我要保持体力和精力，否则真的要功亏一篑。

第三天，王爷亲自到大营劳军，当然是好酒好肉，王爷的目光带着期许，一口一个辛苦，我却觉得那眼神里是对我的讽刺和讥笑，我跨上汗血宝马，直奔阵前。

这次我仍旧没有杀掉黄脸汉子，可王爷趁我和黄脸汉子争斗之际，率领大军从背后掩杀，将反军杀了个落花流水，尸横遍野。

黄脸汉子被大军围在了中心，我内心很焦急，拼命厮杀。

他仰天一笑：新文礼，你错了，如果我活着你还能活。

他的话让我很奇怪，他的意思也就是说，他如果死

倔强的青春

了我也就要死了。

我还在疑惑之时，黄脸汉子对着我身后的王爷高喊：王爷，你的双铜你拿回去吧。

我的身体一颤，那两只熟铜锏回到王爷怀里发出跳跃般的锐响。

王爷依旧笑容可掬，你们二人相比，我还是喜欢你，你还是一个正常人，新文礼不过是一个会杀人的野兽而已。

黄脸汉子仰天长啸，他父亲只不过夺你一时荣华富贵，王爷没必要将新文礼变成野兽，你这是让他父亲死不瞑目呀！

我似乎听懂了什么，王爷用心良苦，把我从人变成野兽，羞辱了我的列祖列宗。

我的结局当然是死在冲杀向王爷的路上！

闭月弓

谁都没想到唐斩会在这里生活，他没有选择逃避，该来的自然都会来……

燕山脚下，易水河边。

杨素从河水里捞起一个漂浮的葫芦，打开葫芦塞。倒出一条竹签，上面刻着：黄金200两玉石50颗，唐斩人头。

第二辑 人在江湖

绝情会给的这个价码不是让人心动,是足够让你疯狂。

杨素挽着我的手,目光流露出难舍和依恋,我笑了笑又摇了摇头。

为了能医好她的病,我要去杀唐斩。我不是杀手,只是易水河畔的刺客,刺客和杀手有个共性,就是杀死目标。

这次目标是唐斩,杀人者唐斩。能杀唐斩的人江湖没几人,倒是被唐斩杀的人不计其数。这位从绝情会走出的杀手,也是叛徒。接连让绝情会损失了36名杀人者72名死士,绝情会愈发的头疼。他们只有花大价钱雇佣江湖客,不得不说这也是保存实力的最佳方法。

杨素对我说,杀死唐斩须得拥有一件最重要的东西,就是兵器,只有它才可克制唐斩手中的斩龙刀。

我问是什么?

闭月弓。杨素说完,天上的月亮便被阴云遮住。

雾灵山,碧月宫。

我已经走了三天两夜,到达雾灵山下时天色微暗,山脚下有两间草房,我一抖马缰飞奔过去。

杨素说只有得到闭月弓才能杀唐斩,我心里绝不会有一丝怀疑和掉以轻心,这次目标是唐斩,任何的纰漏都会决定我的生死。

唐斩,不是你死就是我死。

马拴在树上,我进了草房,空荡荡的却不杂乱,好像是有人早已为我准备好的,我把柴草铺好躺了上去,

倔强的青春

感觉真舒适。

当碧月宫二公主指挥神机手悄悄地将草房围住时，我还在梦乡里徜徉。

二公主挥了挥手，所有神机手的火弩万箭齐发，一时火光熊熊，草房成了殓房。二公主看着火焰心中不免得意，火光中映出她的霸道和骄矜。她正自鸣得意时忽然嗅到一股腥气，二公主心中一凛暗叫不妙。

那火光上空盘旋着一条水桶般的赤蛟。

二公主设计用火烧死我，可却引来了赤蛟，这种怪物生长在火山口上，能日飞百里，见火光性情暴戾。

赤蛟张开大口，恐怖异常，身躯扭动，长尾乱扫，十几人便飞出数丈外，赤蛟一口咬下一名神机手的头颅，只剩下腔子突突地向外喷血。赤蛟又一个摆动就到了二公主的近前，二公主忙跃起，脚刚离地，身体就被赤蛟卷住，二公主花容失色骨骼被勒得咯咯作响。

草房"嘭"地弹出一个火团，我如一条火箭射到当空。手里按动神机弩的扳机，咄咄咄射出一串火弩箭，钉在赤蛟的左眼上，赤蛟松开二公主向我扑来，我身体落地做了两个陀螺似的旋转，又抄起两只神机弩，双手扣住绷簧把火弩全部射出去，赤蛟双眼具盲，腾身飞走。

我身上的火熄灭了，走到奄奄一息的二公主身旁，掰开她的嘴塞进一颗雪莲救命丹。二公主的脸上稍有血色，她就用银匕顶在了我的咽喉。

碧月宫，绞刑台。

我被捆绑得紧紧的，碧月宫主再看那天上的月亮，

第二辑　人在江湖

当月亮被第一片黑云完全遮住后，我的脖子就会被绞断。月亮在向云层里飘移，夜色渐渐昏暗。执刑人正在向我的脖子套绳索，月亮整个湮没在云朵里，我听到了"啊"的一声，二公主昏倒在大殿之上。

赤蛟是带有火毒的，二公主被赤蛟的毒爪所伤，不是我一颗雪莲救命丸就可无恙，只有一种药引可以救活，那就是赤蛟的心脏。

碧月宫主清楚，我更清楚。

我现在活命的条件是，杀了赤蛟。我摇头，我没有杀赤蛟的武器，碧月宫主说那你就死，我不想死，我还要去杀唐斩，去索要绝情会的酬金，让杨素过上最幸福的日子。

杀赤蛟的兵器是什么？碧月宫主问我。

我说，斩龙刀。

莫名府，莫名镇。

谁都没想到唐斩会在这里生活，他没有选择逃避，该来的自然都会来。

我说我是来借刀的。

唐斩问，借刀干什么？

去杀赤蛟。

唐斩不再向下问，问我什么时候出发，我说现在。

唐斩的女人已经把刀递了过来。

我看了看这温柔的女人，想起了如水的杨素。

灵光山，赤蛟洞。

洞口的岩石灼人脸庞，发着嘶吟的赤蛟摇摆着发怒

倔强的青春

而变得炭红的身子，它已经感觉到我了，它昂起头冠，我只觉得一团火焰迎面扑来，赤蛟燃烧着身体夺洞而出，它的一截身子刚出洞口，我就听到唐斩的吼声，赤蛟在斩龙刀的电闪里跌落尘埃。

我捧着赤蛟的心脏来到碧月宫。宫主满意地笑了笑，我在她颔首的笑意中转身。宫主叫住我，为什么不向我要闭月弓呢？

我说，我不想再去杀唐斩。

你不杀唐斩，绝情会就会杀杨素。

我迟疑了一下，然后大步走出碧月宫。

我不信世上有闭月弓，后羿打造闭月弓射月或许只是个传说，没有谁在碧月宫里看到过神弓，更没有谁见到那闭月弓在江湖出现过。

我不会去杀唐斩，他为他的女人不计生死脱离绝情会，不问缘由地为我斩杀赤蛟，这样有情有义的朋友，我不会杀的。

这也是刺客和杀手的区别。

燕山脚下，易水河畔。

我将赤蛟胆熬好的汤药端在杨素面前，

杨素喝下碗里的药，脸上灰暗减退，现出光彩。

你没有杀唐斩？

我说唐斩是我们的朋友。

外面绝情会的百名绝顶高手，不会放过咱们。

我不在乎。我走出茅屋，绝情会的高手已经列好杀阵。

> 第二辑　人在江湖

唐斩不知何时来到我的身旁，我们相视一笑。笑里包含了好多解释，我们是最好的对手，更是最好的朋友。

这世间有爱的人陪在你身边，有朋友和你共生死，还在乎什么？

我呐喊一声，杀入那黑色的敌阵。

纯卢戟

诸葛拍手，家人抬来一杆苗金戟，只是戟刃锈迹斑驳……

我从易水河里捞了五条活蹦乱跳的鲤鱼，今天又可以给素素熬个鲜鱼汤滋补滋补，我喜欢素素，如现在喜欢我手里的这几条鲤鱼。

我推开屋门把鱼放到木盆，素素没在，跑到屋后，也不见素素的影子。我心里蓦然产生了一丝惶恐，难道素素离开了我或是遭遇了什么不测？

我抬头见那黄色污浊的天空中飘来一个纸鸢，纸鸢是白色的，随着微风徐徐地向西而去，望着白色纸鸢，我忽然想起一个关于纸鸢的传说。

在江湖中流传着一个纸鸢的故事，就是在天鹫峰上有位纸鸢老人，相传是玉臂圣手的嫡传弟子，他每隔三年会打造一件奇门兵器，每打造兵器之前纸鸢老人就会杀掉一个武林高手，在这高手失踪之前，人们都会看到

倔强的青春

一只白色的纸鸢。

我感觉素素的失踪和纸鸢老人有莫大的关系，我收拾好行装骑上小红马，直奔天鹜峰。

天鹜峰下，诸葛山庄。

诸葛山庄的家丁迎住我，说山庄主人诸葛小刀邀请我一叙。我问你们主人怎么知道我要来？家丁说不是我们主人知道您来，是知道这几天必定有侠客到天鹜峰，只要是来的豪侠我们主人都要饮几杯水酒。

谁不知道诸葛小刀足智多谋，精通奇门异术，我不去拜见一下，也显得太不近情理。虽然素素的失踪让我心乱如麻，恨不得一步踏上天鹜峰顶，但诸葛山庄还是必须一去的。

那诸葛小刀轻摇羽扇，风度翩翩。诸葛小刀端着那杯汾酒告诉我，若见那纸鸢老人非常不易，除非你带着一件兵器送给他，

我说为什么？

纸鸢老人性情怪戾，只是喜欢兵器，你将世间一种旷世的兵器给他，他可以满足你的任何要求。

我耸了耸肩很尴尬，我是赤手而来，何况我也不使用兵器。

诸葛小刀说，我可以送仁兄一件。

诸葛拍手，家人抬来一杆苗金戟，只是戟刃锈迹斑驳。

我说那我无功怎肯接受呢？

诸葛小刀满面春风，如若兄长觉得受之有愧，小弟

第二辑　人在江湖

拜托一件事。

我暗笑，世人皆如此，更何况诸葛。

只要是我能办到的，诸葛先生尽管说来。

求仁兄杀一个人。

又是杀人，我心里暗自思量，这江湖怎么总是离不开杀戮。

杀谁？

天鹫峰南半壁洞中的一个人。

七月十五，月夜无风。

我登上了半壁洞，挺身向黑漆漆的洞里走。

前面一个黑影坐在石台上，声音沙哑而苍老。

是诸葛让你来的？

我说是。

呵呵，你是江湖的第二十五个傻瓜，也是第二十五具尸体。

我没有回答，不问情由地就来杀人，这不是傻瓜又是什么呢？

我知道你是谁，我忽然问了一句。

我是谁？

你是纸鸢老人。

你认为我是，那你还杀我吗？

我只想见到我的爱人。

你爱人死了。

死了，我的血向上涌，素素是我的生命。

是你杀了她，是你吗？

倔强的青春

我大声呼喊，手中的苗金戟柄跺得石头闪出火花。

老人声音变得颤抖。

戟，我的纯卢戟，我又见到你了。说罢，纸鸢老人大鸟一般地扑过来。

我怒火中烧，大喝一声，苗金戟在洞中划了一个完美的弧。

我怀里抱着纸鸢老人，他的鲜血染在戟上，苗金戟从刃尖到戟柄，那一层黑铁脱落，裸露金灿灿的光芒。

洞里的火把都点燃了，我看到了无数白色纸鸢，上面都写着两个字"纯卢"。

纯卢。

七月十六，诸葛山庄。

庄门早已打开。诸葛先生和众多庄丁鱼贯而出。

看到伤痕累累的我，诸葛小刀鼓着手掌摇晃着头，得意的目光泛着阴鸷。

我故意抬了抬手，很奇怪是不是？

诸葛小刀说，你是十几年里第一个走出半壁洞的人。

我笑了，笑得很得意，我说我有个故事要讲给你。诸葛点了点头。

纸鸢老人是玉臂圣手的传人，他打造过无数神兵利器，比如斩龙刀，鞭中鞭，苍生剑，日月铛等。武林人都以得到他的兵器为荣耀，可惜江湖中能得到他兵器的人寥寥无几。纸鸢老人身边有一冀州女子名叫纯卢，生得美若桃花，性如镜湖。与纸鸢老人风尘相伴，让整个江湖武林人艳羡不已。

第二辑 人在江湖

纸鸢老人收了一个弟子，这个弟子聪明灵巧，深得夫妻二人喜爱，纸鸢老人把毕生的炼器之艺，倾囊相授。

后来，京师枢密使童贯，多次游说纸鸢老人为他打造一种兵器，纸鸢老人总是不肯。哪知一个弟子却偷偷接了童贯黄金白银，私下为其打造。纸鸢老人鞭打弟子，那弟子晚上端酒赔礼，却在酒里下了蛊毒。使纸鸢老人下体截瘫，夫妻二人被弟子囚禁半壁洞，而后弟子继续为童贯锻造利器，却不得其法终不见成功。

弟子遍施毒手，逼迫纸鸢老人说出秘诀，誓死不肯。弟子无奈只得又向师母纯卢探问方法。并立下毒誓称只要兵器打造好，不会见纸鸢一面，否则立死。

纯卢在炼炉旁，纵身跳入炼炉化为炉水。

弟子将兵器打造好后了，却锈迹斑斑。后来才知每锻造一件兵器，纸鸢老人和纯卢都要在炼炉里滴落五百滴鲜血，利器方成。那弟子毒誓已出，又恐天谴，遂想了借刀杀人的方法杀死纸鸢老人。

我对诸葛说我的故事讲完了，你把素素交出来，我把戟给你。

诸葛看了看我手中的金戟，神色很得意。

好，他拍了拍手，素素被几个人押出来。

放了她，戟就是你的。素素被放开。

我说诸葛，戟你可以拿去，你现在可以见个人。

我闪开身，纸鸢老人坐在树后的青石上。

诸葛脸色一变，他正要后退。

纸鸢老人用尽最后气力，用苗金戟穿透他的胸膛。

倔强的青春

和爱的人笑傲江湖是多么快意的事情，可是纸鸢老人和他的纯卢呢？

素素说，离开这是非之地吧！

我们跃马而去。

枣阳槊

小单下了床来到前寨女人的屋子说，我要离开这个鬼地方……

娘被响马贼杀死的时候，小单正七岁。娘临死抱着小单说，不要告诉他们枣阳槊在哪里。这是小单听到的最后的一句话。娘的一句话，救下了小单。

小单是被红胡子响马夹在胳肢窝里上的山，红胡子把小单扔到地上，正想向女寨主邀功，那个眼角带着狐媚的女人，低头瞅了一眼小单，问，我要的那女人呢？

众人惊恐地向后退，红胡子嘴角抽搐了一下，脸上的表情很痛苦，女寨主眼角向上挑了挑，纤细的手指弹了一下，红胡子的咽喉就被什么东西钉了进去，尸体扑通一声栽倒在地上。红胡子昨晚还在石床上和女人颠鸾倒凤，现在他却死在女人手里。

女寨主说，以后好生看护小单少爷。

时光变迁着，隋朝换了唐朝。高祖驾崩，太宗又坐北登基。这山寨里的人也一样，年轻的变老了，没变老的就是死了。

小单也长高了，脸出现了棱角，喉咙开始长出结。寨子里不让他读书，不让他习武，更不会带他去山下。如果他闲得实在无聊的话，老匪头就陪着他在山寨里转转。女寨主也会传他过去，见面就会喊他，小单，小单，然后半仰在床上把罗裙故意敞开。

小单就脸红地不敢看，越不敢看，女寨主就越大胆，拉小单到床前，小单盯着那张精雕的古床呼吸急促，女人就笑，笑得花枝招展，笑得很勾人心魄，说小单你每次都看床干吗，转过来有比床更好看的东西。小单就仓皇地跑开，女人在背后依旧笑，喊小单，什么时候想我了，就上这床上等着我。

能和女寨主上床的人没几个，上一次床，死了都值了。为了和寨主睡一次而死的，山上大有人在。

那天小单在床上忽然问旁边的老匪头，问今天是什么时候？

八月十二。

我今年多大了？

少爷来山上的时候是七岁，我记得真真的，山下如血模样的喇叭花开了十一次，那么少爷应该快十八吧！

小单下了床来到前寨女人的屋子说，我要离开这个鬼地方。

女人咯咯笑着，笑得很有风情，半敞的罗衫迷人的部位隐约可见。

小单，做完三件事你就自由。

倔强的青春

什么事？

到山下杀死一个人。

和我上床。

告诉我枣阳椠在哪里。

小单第二天就下了山，当然不是一个人，老匪头说是陪着他，其实是监视的。

有台花轿从山下过。

老匪头用手捅了捅小单，小单说，这个不行，新人还没洞房，做了鬼都会怨我。

有骑着驴子的商贾从远处过来。

小单又说，不可不可，看这个人满脸大汗，行色匆匆，定是家中或是为别人急事，害了此人岂不连累了其他人，不忍不忍。

老匪头抓耳挠腮，无可奈何。

一辆马车之上拉着七八个孩童到了近前。老匪头说，少爷绑了这些小儿，必能诓些银子上山。

我是来杀人，不是来绑吊羊的，再则老弱妇孺我不杀。

老匪头没了言语，只看小单如何动手。

一天过去了，一无所获。

第二天再去，还是一无所获。

第三天大早，女人看着刚起床的小单。小单，我午间先去沐浴，晚上等着你。小单默不作声，但却没像以前那般羞涩了。

晚上，月华如水，女寨主沐浴完毕，换上粉妆别有一番娇媚。问周围，小单少爷回来了吗？

正在路上。

小单你和你父亲一样。女人说这话的时候自言自语，非常轻蔑。

小单来了，提着一颗人头。

女人半起身，故意露出些凹凸风韵。

小单说，第一个条件我做到了。

那人头滚落在女寨主床下，女寨主兀自笑盈盈地去看，眼睛盯在人头上，脸色就变了，还没等她起身，小单纵身到了床上，匕首顶住了她的咽喉。女人面上微笑，手指刚动，就感觉四肢一阵钻心疼痛，手筋脚筋便被小单挑断了。

小单的脸依旧是那么羞涩般的红润。

现在我和你上了床。

没想到你的功夫这么好。

七岁那年我已经出师了，我十几年等的就是这一天。

女人咬牙说那第三个呢？

小单用手拍了一下床头精雕的凤首，床咯吱吱一声闪在了一旁，床底下露出一个檀木匣，木匣是开着的，里面放着一柄金灿灿的枣阳槊。

小单跳下床，伸手抄起枣阳槊，对床上挣扎的女人说，这杆黄金打造的枣阳槊，本是我单家的传家之宝，我父亲当年被官府逼上山寨，将此物藏匿于此床下，尔等为求平安勾结朝廷害死我父，又害我全家。

你以为你这样就能走出山寨，来人。女寨主一声高喊，喽兵将屋子围了个水泄不通。

小单从床上跳下来，几个纵身就登上了房顶，高屋之上单手擎槊，断喝一声，尔等胆敢抬头？

众人举目张望，只见那银色的月光照在金槊之上，射出万道金芒，刺人双目。女人以及众响马贼顿时手捂双眼，痛苦难当，惨如鬼叫，满地翻滚。那小单持枣阳槊飞身而去。

化云镋

单王爷，我娘托我问候你。少年说这句话的时候，目光锋利无比，单五爷听完面如死灰……

由绿林首领成为副将的单雄信单五爷那晚喝多了酒，忽然传我到帐前，让我陪他喝几杯。我只是一名蓝旗探马，能得到五爷的垂青有点受宠若惊的感觉。

五爷每次郁闷时候就会喝酒，喝完酒就会杀人，杀的当然都是身边的人。我战战兢兢地与五爷对饮着，心思里却想着五爷会不会突然嚎叫一声，像杀死别的走卒那样杀死我。

五爷的脸醉醺醺泛着腥红，小子，这次有什么收获吗？

回五爷，小的这是第十二次去了，仍然没有发现什么线索。

第二辑　人在江湖

五爷没有吱声，接连饮了几杯烈酒后说，你走吧，什么时间有线索你再来见我。

单雄信这十年来让我去瓦岗山的后崖寻找两个人的死尸，他说这两具尸体对他很重要，哪怕是一片碎骨，衣裙的一丝布条。

我用了这十年的时间，翻遍了整个崖底，都一无所获。每次回来将结果禀告给五爷的时候，五爷的脸色就会越发的阴鸷。我很担心我自己的性命会不会因为五爷的失望而丢掉。

一个月后，我又来到了瓦岗山，我没有选择去瓦岗山的后崖，我直接登上了崖顶，向崖下张望了好久仍然没有看出什么头绪来，我无奈只好坐在一块大青石上休息。

一团山雾飘过，朦胧的雾气散尽，出现了位一身布衣的少年。少年很是可亲，说，十年过得真快。

真快。我回答。

有人十年里卧薪尝胆，有人十年里平步青云。

我摇头，十年前我是这瓦岗寨的探马，十年后我仍然是。

那少年变戏法似的，从身上取出一只熟鸡，两只酒葫芦，说，今天难得遇到个可以谈心的人，我们喝几口驱驱寒。

我和少年对坐在大青石上边说边聊。

我娘说不让我喝酒，但今天遇到你却是个例外。

我问少年，你和你娘在这山里住了多久了？

倔强的青春

十年，整整十年了。

我说你喝酒的样子像我们单将军。

少年笑得有些诡异，那你带我见单将军如何。

我说好，然后将一葫芦酒干尽了。

我和少年来到单府的时候，已经是深夜，单五爷已经不再是将军，已经升为定西王。他正在内宅和几个女人调笑。我毕恭毕敬地走进去，屈膝跪下。

五爷发福了好多，定睛看了看我，旁边那几个女人看我的狼狈样子很是开心，五爷挥手让她们退下。

我说，五爷，不，王爷，我是探马。

五爷正了衣襟，坐在太师椅上，显现出不可一世的架势。

我说您交给我的事情终于有了点眉目。

噢？

我说一个少年想见你。

少年？

五爷有些奇怪。

我说他就在院子里等候。

五爷大步向院子走去。正迎着那一副傲骨的少年。单雄信怔怔地站在院子盯着少年的面孔。

单王爷，我娘托我问候你。

少年说这句话的时候，目光锋利无比，单五爷听完面如死灰。

你、你娘在哪里？

在这里。

第二辑　人在江湖

少年从背上缓缓摘下背着的长匣。长匣里面放着一杆长约半米的凤翅鎏金镋的镋头，单雄信双眼发直，脸上冷汗淋漓，嘴张了张，吐出几个字。

化云！镋！

这时那只卧在长匣里的镋尖突然发出争鸣之声跳跃起来，握在了少年手中，瞬间如惊鸿电闪一般，镋刃刺穿了单五爷的胸膛，不是刺，是跳进五爷的身子里的，不是，是五爷自己攒进自己心脏的。

整个总兵府乱作了一团。我听到女人的叫声，兵丁士卒慌乱的喊声。我只听五爷挥起手臂，高喊，不要为难他，让他走。

五爷扑倒在地的时候，少年迈步走出了王府。

单五爷曾对我说过好多他过去的事情，包括那个叫宇文化云的女人。想当年五爷为了杀死隋朝猛将宇文成都，骗娶其姑母宇文化云的芳心，将侄子的兵器鎏金镋盗走，瓦岗寨义军才得以杀死隋朝大将，而后五爷为了高官厚禄，竟然将宇文化云以及亲身之子推下悬崖。

五爷不可能坦然地面对自己。他内心的纠结让自己坐卧不宁，当他再次看到鎏金镋的时候，他只有自己结束这场噩梦。

这个故事我知道的就这么多，那个少年我再也没有见到过，当然那杆无情的化云镋也不清楚在哪里。

倔强的青春

虎头钩

天霸心里一惊，才知自己捅下滔天大祸……

康熙二十二年间，南七北六十三省总镖头黄三太押赴镖银路过清风山，眼看转过山坳，忽听到前面有厮杀的声音，黄三太令手下人在原地等候，只身前去查看究竟。

在山脚下，几十名山贼手执兵刃围住一蓝脸大汉厮杀，那大汉舞动一对护手双钩，面无惧色，双钩上下翻飞，如蛟龙出海，钩、缕、掏、带、托、挑、刺、刨、挂、推，架吞吐如浪，气贯长虹。黄三太也是仗义之人，不禁点头称赞，挺身杀入战团，与蓝脸大汉并肩迎战。蓝脸大汉见有人助阵，更是勇猛无敌。

远处半山腰上，一贼人弯弓搭箭，对准蓝脸大汉的后心疾射。黄三太抽身探臂膀将蓝脸大汉推开，那冷箭正中黄三太的右肩，黄三太忍痛从百宝囊中掏出金镖，反手将贼人射死，剩余强盗落荒而逃。

蓝脸大汉扶住黄三太，为黄三太敷好药，手下人等也都围拢上来。

那蓝脸大汉俯身就拜，问，恩人姓名？

黄三太。

蓝脸大汉更加惶恐，双手抱拳对黄三太说，救命之

第二辑 人在江湖

恩我窦尔敦必当相报，可今天走得匆忙，没有什么可以留给恩人的，独这虎头钩乃我贴身之物，我将左手这柄寄存恩人这里，他日恩人有用我窦某之处，可持此钩到西山连环套找我。

黄三太方知此人便是绿林豪侠窦尔敦，推辞几番，见那窦尔敦言之凿凿，只得将虎头钩收下，那大汉叩头后转身离去。

黄三太为人豪爽，义薄云天，在武林同道中有口皆碑，唯独其子黄天霸，生性顽劣，好勇斗狠，与京师几个富家子弟交情莫逆多有来往。黄三太整日忙于镖局生意疏于管教，致使黄天霸飞扬跋扈，为所欲为。

康熙二十八年秋，黄天霸与几个弟兄到口外游玩，见围场兵营内有骏马一匹，此马长丈二，高八尺，浑身毛雪白如霜。四足开张，大如盘盖，两个呼风耳，高竖顶门，真是一匹难得的坐骑。黄天霸不免兴起，和众弟兄商议，欲将此马从军中盗出骑乘一番，岂不妙哉。

晚上黄天霸换好短衣襟，周身收拾利落，施展轻功潜进清兵营帐，偷偷来到马圈，将守候的兵丁击昏，轻解缰绳，便把宝马带出营房。穿过一片树林，天霸心中正暗暗得意。前面路当中隐约站有一人，黄天霸惊问什么人挡住去路？

前面之人哈哈大笑，说，小辈胆量包天，竟然敢盗皇家御马，不怕满门抄斩？

天霸心里一惊，才知自己捅下滔天大祸。但面上仍不改色，正要逞强，那人只一回合，就将天霸制服于身下。

倔强的青春

那人问道，你小子倒也是条好汉，报上名来？

京师黄天霸。

那人手里一松，问：

黄三太是你何人？

正是家父。

那人将黄天霸从地上扶起来，说原来是恩人之子，失礼，失礼。

黄天霸才知此人和父亲有些渊源。

那人摘下面具，黑夜中脸色发着暗色。正是当年窦尔敦。窦尔敦对天霸说，你这小厮给家门闯下大祸，你父有救我之恩，此番正好答报。说罢，翻身上马，直奔来路而去。

黄天霸悻悻然回到驻地，众人见天霸心事重重，便不再细问究竟。

天亮传来军中御马被盗，盗马者留下口语，乃是连环套窦尔敦所为。一时京师及各州府衙门，遍撒法网，广罗人手，许以高官厚禄，悬赏缉拿窦尔敦。

黄天霸在家中无所事事，总是招惹黄三太，黄三太恨儿子不学无术，玩世不恭，可那黄天霸何尝不想出人头地，每次路过知府衙门，便在那缉拿榜文前思忖。

窦尔墩将御马带回山寨后，自知朝廷不会善罢甘休，便吩咐手下严阵以待，任何人不能轻易出山，这铁打的连环套任他十万精兵也不能杀进来。

这日，喽啰前来禀告，说山前有一位持虎头钩的人，将虎头钩放在寨门之上离去。

第二辑 人在江湖

窦尔墩听完匆忙来到寨前,见那柄虎头钩果然挂于寨门之上,钩柄系有一条白布,上写:紫竹林义士庄。

窦尔敦猜想定是黄老英雄遇了难事,特前来传告于我。

那窦尔敦急命喽兵带出御马追风赶月千里驹,众人纷纷劝阻,那窦尔敦主意已定。

黄老英雄与我肝胆相照,怎会害我。我窦尔敦岂能失信于人!

说罢扬鞭而走,日落前果然来到庄门前,窦尔敦跳下马推庄门进了庄内。

街上杀机四伏,窦尔敦撤身就走,周围涌出无数官兵将他困住,窦尔敦情知中计,长啸一声,抽双钩正欲厮杀,只听一阵弓弦乱响,便被乱箭穿身,绝气而亡。

身着四品官服的黄天霸从人群后闪出。

黄三太正在家中品茶,忽然感肩上箭伤隐隐作痛,呷了口清茶,询问天霸行踪,下人说,公子数日前去了知府衙门。

黄三太有些不解。起身来到练功房,见兵器架上那柄虎头钩不见踪影。心中气恼,问谁来过功房?

下人如实禀明,唯有公子来过。

黄三太眉头紧锁,耳听得庄门前人喊马嘶,黄三太大叫不好。

黄三太跪倒在窦尔敦尸体前,大呼贤弟,愚兄害你、愚兄害你,痛哭过后,见天霸躲在人后,便喝道,那虎头钩何在?

倔强的青春

黄天霸捧来利器奉到父亲面前。

黄三太高持兵刃，目视黄天霸。我怎有你这不义之子，辱我黄家清誉。然后仰望苍天。

窦兄弟舍命赴义，我黄三太亦当如此。

黄三太说完横刃颈上一横，一腔热血顿时喷洒而出。

琴　义

高山流水觅知音，知音不在谁堪听。

陈公乃一方名士，颇具声望，一日信步览胜，路过一座宅第，忽闻里面琴瑟之声入耳，陈公止步，对随从说，此曲如泣如诉，赋琴之人必是孝子。

随从随即问两旁邻里，得知抚琴者是公子刘乙，母亲新故，故常常抚琴思之。众人皆称赞陈公不凡。

刘乙闻听后遂出门参拜，邀陈公席间一叙。

陈公欣然前往，两人一见如故。

翌日，刘乙派人邀请陈公喝酒。陈公走进刘府，屏风后传来刘乙抚琴之声。陈公听后，脸色骤变，返身折回，刘家奴仆回禀刘乙说：陈公没见您面，就回去了。

刘乙忙让仆人追赶。

陈公和几名随从正在驿馆收拾行李。

刘府仆人问：先生这是为何呀？

陈公答道：你家公子要杀我，这又是为什么呢？

第二辑 人在江湖

仆人回去如实向刘乙禀告：刘乙很惊讶，这是从何说起呢？

陈公对大家说：我听刘乙琴声到处是杀机，杀气腾腾，我不走更待何时？

大家都好奇怪，刘乙思量片刻恍然大悟：

刚才在弹琴之时，见树杈上有只螳螂对着鸣蝉，振动着翅膀将要捕食，我弹着琴看得心惊肉跳的，指尖也就随意拨动，难道这就是杀心吗？

刘乙知遇高人，遂亲自前往驿馆迎请陈公，与其结为异性兄弟。

日复一日，秋去春来，两人情谊日深。

次年中秋之夜，陈公邀刘公子到家中赏月。推杯换盏，二人都微有醉意，陈公挽着刘公子的手说，兄弟可知道天下谁家琴乐书籍最广？

刘公子疑问，莫非陈兄？

陈公喜形于色，挽着刘公子的手来到藏书房，书房之内，上至先秦《非乐》《乐论》，下至当今《三教同声》《文会堂琴谱》等书册一应俱全。刘公子转身看了又看，后来摇头。陈公不悦，问，刘公子，难道我乐书还不算最多吗？

刘公子言道：兄台书籍当然最多，但缺少名篇。

陈公脸红，贤弟这么说，难道有绝世之作？

刘公子一声长笑，复回琴前，泰然端坐，手动琴响，平缓弹出，少顷曲风渐变。一阵细密的轮指过后，音调一下子高亢激昂起来，那密集音符动人心弦，撩人魂魄，

倔强的青春

如雨点阵阵敲进人的心坎，一时间有透不过气来的感觉。瞬间旋律又慷慨激昂，院中池蛙息声，秋月黯淡无光。

陈公惊立一侧骇然不语，曲子停了许久才回过神。

问刘公子，此曲可是天下闻名的《广陵散》？

刘公子点头称是。

可否让兄一阅琴籍？

那当然。

刘公子回府，半个时辰后果然捧来一书。陈公端在眼前爱不释手，刘公子见陈公喜爱，便将书留下，自己先回去了。

几日后陈公阅毕，心事重重，闷闷不悦，整日长吁短叹。

陈公四弟太史陈中一日前来探望兄长，见陈公如此。询问究竟，陈公只得说出心事。

原来陈公见《广陵散》一书，爱惜有加，欲占为己有，但又恐刘公子不舍，心里踌躇。

太史一笑，原来如此呀！这个有何难，我们多给他黄金银两不就是了。

陈公摇头，刘公子非势利之人，恐难接受。

太史说，没有试怎么会知道。

太史令掌簿携黄金白银三百两，丝缎百匹，来到刘府，说明来意，欲用千金求得一书。

刘公子婉言拒绝，掌薄悻悻而归。

陈公闻之黯然。太史思附片刻，对陈公暗道，千金不从，必杀之！说完做了个"杀"的手势。

第二辑 人在江湖

陈公大怒,道,我辈岂能如此,这不是毁我一世名声。

太史惭愧退出。

夜深之时,陈府上下大乱。有盗贼进入书房,他书不取只将《广陵散》偷走。

陈公后悔不迭,次日,差人到刘府,请刘公子谈话,可人去宅空。

陈公暗自思量,莫非是刘公子派人盗走琴谱,自知对我不住,遂不辞而别?

心中暗自惋惜,但也无可奈何。

这又过了数年。

陈公到徽州任刺史,一日在巡街时,见一个男子在一高台之上弹琴,曲子弹得高山流水,此音一出,万物失色,黄莺不啼骡马不嘶路人止步。陈公仔细观看,正是刘公子。

遂前去相见。

刘公子停琴施礼,两人言语片刻。刘公子问,不知《广陵散》陈兄看得怎样?

陈公惊讶,说,不是公子已取走了吗?

刘公子说,书给了陈兄后,不知道怎么走漏了消息,有官宦人家欲使千金占有《广陵散》,弟唯恐给陈兄带来麻烦,所以一家人举迁于此。兄长怎么会说我拿走了呢,真是笑话。

陈公汗颜。将《广陵散》被梁上君子盗走的事说了一遍。

刘公子顿生不悦,甩袖离去。

倔强的青春

陈公回去后一病不起，感觉自己太对不住刘公子的一份情意。

左思右想，茶米不进，忧郁成疾，不日病于榻中。

中医把脉，气若游丝，经络不通，命不久矣。

其弟赶来把事情真相告诉陈公，太史陈中见重金收买不成，便瞒着陈公想出了盗书下策，陈公在床榻上大呼，弟助我却陷我于不义，说完大口吐血而死。

太史悔之晚矣，陈府上下悲恸。

陈公落葬的夜里，徽州城人听到，徽山之上琴声阵阵，如海啸惊涛，如山风哭咽，如万鸟悲鸣，如神鬼哀号。

天明有人发现在陈公墓前，一张古琴弦断身折，另有一本书册早烧成灰烬。自此以后，豫皖两地再也没有谁听到过那么动人的琴声。

计中计

此地有银三百两，善恶到头终有报。

舒城古玩街雅芳斋老板秦二，人性狡诈，奸险多疑，做生意没少坑人害人，再加上舒城县长是他的亲外甥，秦二更是肆无忌惮，为所欲为，周围百姓商贾嗤之以鼻，恨之入骨。

这天淑芳斋的吴爷深夜到秦二家中拜访，让秦二不禁心中猜疑。吴爷进了客厅，秦二让管家奉上碧螺春，

第二辑　人在江湖

吴爷品了一口，连说不错，好茶，好茶。

秦二更不明何意。

吴爷瞅了眼一旁的管家，秦二心领神会，示意管家退下。吴爷说，秦爷，这几天我这斋子有件事，想和秦爷琢磨琢磨。

秦二的额头稍稍舒展，吴爷，何必这么客气呢，在这收藏界里，谁不知道吴爷口碑好人气旺。

既然秦爷这么看重吴某，那我就实话实说。前几天，我得了一幅沈周的《石湖草堂图》，当时一时得意老眼昏花，就收了下来，可后来发现却是后人临摹品。这一下耗费了我淑芳斋几年的积蓄，我本来就认了，你也知道咱这古玩行处处需要钱周转，我手头有些吃紧，就想把画折腾出去，还有劳秦爷帮忙。

这收藏界暗中有行规，秦二听完就明白了吴爷的意思。秦二说，不知道吴爷选中了谁，或者是怎么操作。

吴爷说，新来的江苏的白爷，听说他的斋子喜欢书画，可我看他的斋里那些品味较差，他见了名家的东西肯定会中局。再者说，把他挤垮，这万顺街里我们也少了一个对手。

秦二暗自窃喜，却依旧不露声色，这不好吧？那白先生前几天还宴请了我，不好毁这份交情。

吴爷从怀里掏出一张五万的银票，说，秦兄，事成之后，我定当另谢。

秦二低头看了看银票，诡笑一声，好说。

翌日，秦二迈着方步走入了白先生的斋子。不到一

倔强的青春

个时辰，白先生和秦二俩人从屋里出来，匆匆直奔了淑芳斋。吴爷早在待客厅里恭候多时。秦二说明了来意，吴爷请仆人在内室里取出一副《石湖草堂图》，白先生从怀中取出一个显微镜，对墨迹文理印章仔细揣摩了许久。秦二对书画也颇有研究的，也跟着在一旁假意观瞻。

白先生看了片刻，将秦二叫到一僻静之处，说，兄长看此幅画如何？秦二说，果然是沈周真迹，世间少见。白先生说，确实难得，我想和秦爷商量，小弟初来乍到，斋子少有奇货衬色，这件东西希望秦兄别和小弟争了。

这句话正中秦二心思，他拱手抱拳，白兄说出来，秦某哪能再驳。

俩人回到庭前，秦二对吴爷说，此画五十万白先生要了。言罢俩人相视一笑。

事情做得巧妙干净，秦二在白先生那里拿了两万辛苦费，几天后吴爷又给了他三万的支票。秦二心中真是得意至极。

晚上，白先生在家中宴请秦二，推杯换盏后，白爷心中感慨，白某此生，能得此稀世真品，终生无憾。秦二虽然得了好处，但做了亏心的事情，面上也不得劲，只是嗯着声音点着头。

白先生又连干了四杯后，脸上红晕，嘴里渐渐话密，他忽然哈哈大笑，把秦二笑得发毛，白先生连说几声，可惜可惜，都说吴爷眼里不揉沙子，可这幅画他没留住，却是天大的失误。

秦二小心翼翼地问，此话怎讲？

第二辑　人在江湖

这幅图其实非沈周所做。说得秦二心里"咯噔"一声，脸上顿时通红，幸亏是晚间看不出来。

这幅图岂止几十万，应该价值百万之上。说罢，白先生起身将秦二拉到了一间内室，将屋门打开，打开灯光，只见偌大的大厅里，书画成列，白爷一幅幅指着对秦二说，这是唐伯虎的《玉女秋香图》、仇英的《松溪论画图》、沈周的《秋林话旧图》，唯独缺少文徵明的，这幅《石湖草堂图》虽然是临摹之作，却出自文徵明之手。当年文徵明师从沈周，有许多临摹沈周之作，后期的作品更是自成一家，秦兄你看在这画的下角有征仲二字，文徵明在四十有成时起名征仲，每临摹一次沈周画后留此名。我买下这幅画，正好凑齐明"吴门四家"，想这世间唯我白某人独有。

秦二看完后，将信将疑，心中略悔。

白先生说，秦兄有所不知，我祖上乃清末画家白展天，我辈从小对书画研究颇深，岂是常人能及的，这幅画吴爷和秦爷都看走了眼，也是情理之中。只是秦兄莫怪兄弟私心利己了。

秦二想来吴爷真的看走眼了，我秦二也是看偏了。

不几日，白先生的斋子人来人往，各路书画界古玩界的名家蜂拥而至，都以一睹"吴门四家"真迹为荣。

那秦二从白家出来，茶不思饭不想，寝食难安，心想无论如何也要把这四幅画弄到手。数日之后，秦二和他外甥王县长来到了白爷家中，那秦二直奔主题，白先生，我看中贵斋子中的那四幅图了，今天白兄不卖给我，

倔强的青春

我死活不走了。

秦兄玩笑吧！白先生脸上明显不快。

秦二从怀里掏出二百万银票，说，我是诚心诚意的想买，望白兄割舍。此话说完，那个王县长也是连声咳嗽几声，顿了顿脚。

白先生见状无奈长叹一声，秦兄帮我在先，既然如此，那我只好忍痛割爱，但三百万银票一分不能少。

第二天，秦二请了几个有名的乡绅，做了公正，三百万将这四幅画买了过来。

画买了没过多久，有人发现白先生突然搬走了，秦二听说感觉莫名其妙，成天看着这四幅画出神。这天管家跑进来，对秦二说，我刚路过淑芳斋，看见大门紧关着，一打听，吴爷不知道怎么回事，昨夜变卖了所有家产不知去向。

秦二脸上顿时大变，他对着这几幅画端详了许久，用手指使劲摸了摸《石湖草堂图》下面的落款，然后放到鼻子轻轻闻了闻，大叫一声，口吐鲜血，昏倒在地。

江 湖

三少爷扬了扬头说，不急，随手从长袖里掏出一枚玉佩，说，你女人生了，就在门外……

在江湖武林中，有三位公子武功卓绝盖世，俗称江

第二辑 人在江湖

湖三少。三少中最厉害的当属三少爷的清风剑,没人看到过三少爷的剑有多厉害,据说见过三少爷剑的人都死在了他的剑下。招魂手鲁亮、铁金鞭尉迟三、嘉陵江二鬼等等这些江湖中的顶尖高手都去找三少爷论剑,但他们都没回来。

虽然多少江湖人有去无回,但照样有人继续,这样的江湖才是江湖。

燕十三就是其中一个。燕十三执剑走遍整个武林,鲜有人敌。江湖中就有人问燕十三,是你的剑厉害?还是三少爷的剑厉害?燕十三无言以对,三少爷逐渐成为燕十三最隐痛最需要解决的一件事。

燕十三去找三少爷一战的那天,对夫人说,此一去生死未卜,如果回不来,江湖就不会再有叫燕十三的人了。

夫人怀了身孕分娩将近,她抱着燕十三紧紧地不愿松开。燕十三解下腰间祖传的玉佩,跺脚就走出门去。

燕十三见到三少爷是在七天后的路上,三少爷背一柄长剑站在路旁,问,是燕大侠?

燕十三点头。

少年说,我是三少爷。

燕十三说,你既然知道我是谁,那就省略了好多话。说完燕十三去摘身上的燕尾剑。

三少爷摆了下手,我是劝你回去的,我不会和你比的。

为什么?

倔强的青春

因为拔了剑就要死人。

燕十三无惧，你选择了江湖就一天就离不开江湖，你选择了剑，就要选择为论剑而死。

三少爷摇头，看来你主意已定，那你先要经过我大哥的方天画戟。

燕十三。哦，那大少爷在哪里？

不急，我先告诉你，他的方天画戟分为三路，一路分十式，十式拆八招，招招有变化。他在使用第一路时候，你要注意你的上三路，你最好不要和他硬碰硬，你用燕尾二十四式中的燕子双飞、紫燕抄水、金雀夺窝来应招。

燕十三打断了三少爷的话，三少爷，我想用最快的方式。

三少爷无奈只好闪在一旁。一匹赤兔马疾驰如飞，瞬间来到近前。马上端坐一人，如三国吕温侯在世，这大少爷并不答话，翻身下马，方天画戟一抖便和燕十三杀在了一处。

大少爷的一路温侯戟动如风雷，招招奔燕十三的上身，燕十三燕尾剑吞、吐、削、刺、披、划、挑、拨二十四式招招克敌。二人在官道上，杀了一个时辰不分输赢胜负。燕十三心中暗道，这三少爷对我的武功了如指掌，看来此番挑战，真要小心了。这方天戟不用二十四式真还是不能赢他。想罢，剑走偏锋，第一式燕子三抄水，贴身直取大少爷下盘。

大少爷大喝一声，好剑法。又几个回合纵身跳出圈外，翻身上马，对燕十三抱了抱拳，好身手。说罢扬鞭

第二辑　人在江湖

催马而走。

三少爷走出来，说，你剑法在我之上，你回吧。

燕十三眉峰一挑，你我只有一个人倒下才能证明。

三少爷叹了口气。明天我二哥会在前面镇中心广场等你。他的判官笔分为七七四十九路，第一路判官笔要袭击你的曲池、肩井、天突、华盖、玉堂、中庭等穴。你不要用燕尾十三剑应招，而是用你自创的剑法——夺命十三剑。

燕十三来到菜市口的时候，二少爷目若朗星，稳坐长椅之上，见到燕十三来到，二少爷施展轻功直取燕十三，左手判官笔刺燕十三的肩井穴，右笔直奔中庭穴。

燕十三暴喝一声，能奈我何？挺燕尾剑燕山七剑式而出，可他一出，便知大错。判官笔笔如龙蛇，变化诡异，三招过后，燕十三的衣服就被挑了五个窟窿。燕十三连连遇险恼羞成怒，这二少爷比大少爷高出许多，他只得将"夺命十三剑"使出。

燕十三展开剑势，闪转腾挪剑法凌厉，那二少爷的判官笔变化多端神鬼莫测，笔法由点穴橛、峨眉刺、双锋剑、三节棍、单刀中套路演变而来。二人一来二去斗到了日上三竿不分胜败。二少爷忽一个梯云纵跳出圈外，对燕十三抱拳拱手，好本领，收判官笔离去。

燕十三久在江湖身经百战，三少爷用一位更比一位强的车轮战挫伤不了他生死论剑的决心。当他从客店一大清早醒来时，三少爷早已站在了天井院中，燕十三清楚生死之刻终于来到，他开始缓缓地抽剑。

倔强的青春

三少爷扬了扬头说，不急，随手从长袖里掏出一枚玉佩，说，你女人生了，就在门外。

燕十三气血上涌破口大骂，无耻之辈，纵身直刺，剑气如虹。宝剑瞬间刺进三少爷的心脏。

你为什么不拔剑？

血泊中的三少爷气若游丝，对着燕十三摇了摇头，绝气而亡。

一辆马车停在客店门口，夫人抱着婴儿坐在车上，燕十三问，三少爷没对你们怎样吧？

夫人望着三少爷的尸体，是他请产婆接我过来的，他说你胜了，可以和我们一起回家了。

燕十三亲手葬了三少爷，他怎么想也不通三少爷为什么不和他拔剑一战，他思来想去不得其解。

直到十年后的清明节，燕十三带着家人去为三少爷上坟的路上，见车外一个熟悉的人影匆匆而过。

燕十三脑子一闪，跳下马车将那人一把拉住。

这不是招魂手鲁亮？

那人瞅了瞅燕十三，你是燕十三？

鲁亮你还活着？你不是早被三少爷杀了吗？

谁说的，我是败在了三少爷的剑下，可三少爷并没杀我，我现在就和三少爷在一起。

什么，你和三少爷在一起？燕十三吃了一惊。

当然。还有尉迟三、嘉陵江二鬼等人。

难道十年前和我比武的不是三少爷？

不是三少爷又是何人，鲁亮看了眼车上燕十三的家

第二辑　人在江湖

人，呵呵一笑扬长而去。

燕十三愕然。快马加鞭向前直奔，带人掘开三少爷的坟墓，挖地三尺不见一物。

燕十三冷汗直流，夫人递过一条毛巾为他擦脸，燕十三恍然彻悟，他摘下腰间的燕尾宝剑投进坑中，燕十三明白，他将要埋葬的不仅仅是一件兵器，而是自己的整个江湖。

行者棒

木成舟端茶的时候，宽大的袍袖遮住了青紫色的阔脸。他喝了口清茶，清了清嗓子……

我是个居无定所的人，没有家没有归宿，我只是位江湖中的行者，江洋大盗，绿林草莽，朝廷缉拿的要犯。有时候我都搞不懂自己的身份。

杭州知府木成舟发了帖子给我，请我到他那里做客，我不是什么名士豪侠，像我这个江湖中赫赫有名的蛮贼，一个知府怎么会想到我呢？当然，我身上有他需要的东西。

江浙一带的风景秀美怡人，真好，在这里结一庐舍，依山傍水而居，胜如神仙。

"此山是我开，此路是我栽，要打此路过，留下买路财。"林中蹿出一魁梧大汉，一脸虬髯，手中一对八

121

倔强的青春

棱梅花亮银锤。我想，一名强贼碰到另一名强贼真是有趣儿的事情。

对面那汉子见我非常镇定，迟疑了会儿，问我，你是不是有藏宝图？

我说，是，我有藏宝图，但我如今是去木知府那里拿钱的。知府老爷是这块地皮上最大的富户，不说富甲天下，也可以说富甲江浙，你如果想发财，就跟我去。这可比弄到藏宝图更直接。

汉子翻着鼻孔想了想，我怎么相信你？

我把手中的哨棒放到双手掂量了一下，给你吧。

汉子放下大锤，接过我手中的哨棒，行者棒？

我点了点头，没有承认也没有否认。

他说，难道不怕我砸死你？再把藏宝图抢走。

我说，我把防身兵器都给你了，就不怕你怎么做了。

大汉很沮丧，转过身子就走。

我却觉得这个人很有意思。我说你叫什么？交个朋友。

神力王。

神力王的嗓音嗡嗡的，震得我心口发热。

木成舟端茶的时候，宽大的袍袖遮住了青紫色的阔脸。他喝了口清茶，清了清嗓子。

听说清溪的方腊造反了。

朝廷已经去剿了。

能剿灭吗？

不清楚，知府大人应该比我清楚。

第二辑　人在江湖

木成舟干笑了几声，方腊的藏宝图是否在你手上？

都是传闻？木老爷也信。

谁得到藏宝图就得到了整个江山，我不得不信。

财是惹祸根苗，木老爷二品朝臣何必引火烧身。我的话有些凛冽。

木成舟脸露愠色，"啪"的一声，把手中的杯子摔了个粉碎。

来人。

兵丁搜遍了我的全身，一无所获。

有一个办法能让你交出藏宝图？

哦，我到想听听木成舟老爷的好办法。

木成舟双手拍了拍太师椅，捋了捋山羊胡，奸笑了几声。

你弟弟的性命。

我祖籍河北平城，兄弟俩人。

我弟弟在岳家军里做游击，我唯一的亲人就是这个弟弟，可以说，我可以不在乎我，但我必须在乎我的亲人。

你弟弟在我手里。你不去，你的弟弟就得死。

威胁。

我强压怒火。好，藏宝图在哨棒中，我带你去取。

悬崖危耸，夜风呼啸。

木成舟望着我，少侠，我等你的好消息。

他正想转身，我喊住他，木老爷。木成舟表情很意外，以为我反悔了。我说木老爷，我不是少侠，记住我是大盗，江洋大盗。

倔强的青春

木成舟呵呵几声，对，大盗，大盗。

我望了一眼夜空烁烁闪光的北斗七星，紧了紧身上绳索，一声长啸，纵身跃下崖顶。

我眼前一片漆黑，耳边回荡着木成舟最歹毒的言语。

把绳子砍断。

木成舟清晨喝完银耳粥后，对侍从说，找到哨棒了吗？

没有。

死尸呢？

他的身子还欠在床榻上。

我说，木老爷，不用找了，我到了。

木成舟脸上一阵阵地抽搐，

你不是盗贼？

我不是。我是借你的邀请，来查你勾结方腊反军的证据。

木成舟轻点了点头，突然，他的身形快如鬼魅，双袖一抖，两只喂毒的袖箭发出两道蓝光，直奔我的心房。我大喝一声单手反抄，如探囊取物，袖箭反手回射，正中老贼咽喉。

我的武器是行者棒，但我的绝招是飞花摘叶。

我走过去，用手阖下木成舟苦睁的双眼。木老爷，有谁穿着长袍喝茶呢，只有你木成舟，所以你暗藏的袖箭瞒不过我。

神力王带着人大步流星地从外面走进来。他已经将木成舟的银库砸开，从死牢里救出我兄弟。

第二辑　人在江湖

你应该告诉他，你在江湖中是臭名昭著的盗贼，暗地里你是岳家军的先行特使。

神力王大手扶着我的肩膀，你是不是该告诉人们藏宝图在哪里了？

我从他手中拿过哨棒，拧开棒头的活塞，从里面取出一块羊皮。

递到神力王手中，众人围拢过来，争相观看，片刻哄然大笑。

神力王满脸通红，原来你还是骗子，诳我助你脱险。

我走到他跟前，拍了拍他的肩膀，

嗯，这个江湖比宝藏更重要还有另一样东西。

那是什么？

我笑了笑，没有回答。

醉拳张三爷

张三爷迈着八仙步，拨开日本兵的刺刀就向院外走……

我是张三爷。

张三爷语气中荡漾着蔑视，平淡而又坚定。日本少佐美津智朗，上下打量了面容清瘦却棱角分明的张三。

哟西，有胆量。

斟得满满满的四十大碗酒，排满了两张条案，正宗

倔强的青春

鲁北烧刀子。

美津智朗伸手道"请"。你的，一碗酒放一个，四十碗我放四十人。张三爷点了点头，走了过去。

张三爷为德州武城人，居武城瓦房胡同，几十年来，人们记忆中的张三爷总是身着长衫，袖口高挽，手端鲁北老酒，泰然自若，在柴家酒铺门旁的长椅上，有滋有味地品着。

所有老人的记忆中，没人清楚张三爷以什么为生，有无子嗣，有人说他在辛亥革命时去过东洋，有人说他参加过义和拳，还有人说他在马家作坊教过私塾。

酒是张三爷的全部生活，酒持得稳，喝得淡，放得轻，一天没酒，日子就不是张三爷的日子，日头从东方初升，张三爷的酒碗端起，日头落西，最后一滴酒也淌入肚子。张三爷微抖长衫，轻抬阔步，背背双手的样子，反复印在人们的记忆里。

"民国"二十五年的冬天冷得早，可张三爷一身单布长衫早早地坐到了柴家酒铺门口，右手高擎海口酒碗，口称，武城张三烦请柴掌柜赐酒。

早有伙计从坛子里舀出一提，斟到张三爷的碗里，三爷喝了一口，扬手将酒泼在青石砖道上，掺水了。伙计赶忙又开一坛，十里香。苦，又泼。伙计热汗直流，柴掌柜闻听颠颠地跑上来，连开隔壁好，四季青，一杯醉三坛老酒。张三泼了三碗，腥，涩，火嫩……一时酒气充满了整条青石街。柴掌柜面红耳赤，哭丧着老脸无计可施。张三爷喝谁的酒是给谁家捧场子，是看得起你，

第二辑　人在江湖

你想请都轻易请不来。何家的"小米香"、胡家的"杂粮酒"、马家的"地瓜烧"和孙家的"状元红",那都是张三爷给品出来,叫出来的。

忽听一声银铃之声,请三哥品小女子的手艺,柴家掌柜大女儿步履轻冉,双手捧着一碗高粱酒,不喊三爷口称三哥,轻迈金莲来到张三爷近前。酒未沾唇早闻酒香,张三脖子一扬滴酒不剩。好一碗女儿红,好酒好酒,抬足离去。

有人说,张三爷和柴家大女儿有一手,有人说,非也,柴掌柜故意请张三爷来变个法子给他的酒坊造声势。无论怎么说,自那次后,柴家红高粱酒坊叫响了鲁北一带。

据老人说,德州附近喝酒比得上张三爷的,没有,一个都没有。真有不服气的,比如,陵县醉弥陀金灿,骑着枣红大马来找张三,那家伙,论坛的喝,两个人从上午喝到了下午,未分胜负。金灿光膀子骑马向东,张三爷折西回瓦房胡同,金灿走了十里路,一个趔趄从马上栽了下来,一命呜呼。张三睡了七天七夜,酒汗流了一炕,醒来仍喊,痛快。

美津智朗是想夺柴掌柜的酿酒方子的,柴掌柜就是不吐个口话,美津智朗恼羞成怒,一个破坏大东亚共荣,就捆了柴家四十来口。

张三爷端起一碗酒,咕咚一口,那边绳子头就松一个,张三爷连干二十碗。烧刀子常人一碗就会放倒在地,美津智朗不住点头。

张三爷喝到三十来碗时候,身子晃动了一下,柴掌

倔强的青春

柜吓得体如筛糠。张三爷淡然地看了柴掌柜一眼，又一碗酒入口，柴掌柜那头绳子一松，人瘫倒在地上。

喝到三十八碗的时候，张三爷腿眼皮发木，视线模糊，柴家大姑娘和新女婿双双捆着手注视着张三，张三爷对大姑娘微微笑了笑。

三哥，大姑娘欲言又止。

张三爷两碗咕咚咕咚吞了下去，四十碗喝完，在场所以人都惊得目瞪口呆。美津智朗拍了拍军刀，放人。

张三爷迈着八仙步，拨开日本兵的刺刀就向院外走，美津智朗屋里哇啦地说一通日本话。

张三爷止住了脚步，回头问美津智朗，你说中国人酒痞野蛮无酒德？

告诉你，酒德两字，最早见于我中华民族《尚书》《诗经》，儒家有"饮惟祀"；"无彝酒"；"执群饮"；"禁沉湎"。晋代《断酒戒》、唐代《酒箴》、宋代《酒赋》、元之《饮膳正要》、明之《本草纲目》、清之《日知录》，无不是酒德之说，小小番邦岛国无端侵略，竟敢陈说礼法，只如蜾蠃螟蛉如侍侧在焉也。

张三爷滔滔不绝，不觉兴起，身子晃动，嘴里兀自振振有词：

铁拐李提腿把神起，回头观望汉钟离，韩湘子口中吹玉笛，李纯阳拔剑把头低……一套八仙拳使出来，如风如影飘逸出神，少顷收势站定，张三爷气不长出，面不改色，更增神采。美津智朗没想到张三精通日语身怀武功，狞叫，八嘎，把人留下。

第二辑　人在江湖

张三爷一鹞子翻身飘上了高墙,晃动几下就没了影子,从那以后,武城再也没有人见到过张三爷。

张三爷后来的故事发生在新中国成立后的1952年,武城县政府联合何胡柴与马孙五,各取其祖传酿酒秘方之,在运河东岸组建新国营酿酒厂,酿出新酒的第一天,大门口外,进来一位清瘦矍铄的七旬老者,说是来尝新酒的,门卫见来人仪表非凡,不敢阻拦,又恐是敌特分子破坏社会主义建设,赶忙向厂民兵连报告,民兵连紧急集合赶到,那老人早不知去向。众人听到贮酒仓库有轻微声响,民兵们进去搜查,见一坛高粱酒封泥打开,一口空瓷碗放在当场,墙上用干树枝划了一行草字,笔走龙蛇:

好酒。故人张三爷到此。

金　刀

上报天子兮,下救黔首。杀尽倭奴兮,觅个封侯……

在通州谁不知道吴金刀,就等于不是真正的练家子,吴金刀的鬼头刀,刀宽刃薄抽刀断水,吴金刀自称三十六路天罡刀,刀法娴熟,无往不胜。

吴金刀是在义和拳被朝廷剿散后回到东成堡子的。人们清晰地记得,那天西斜的日头依旧毒得蜇人,吴金刀晃晃悠悠地从堡子西口从容不迫地走过来,肩上背着

倔强的青春

把大刀，刀在鞘里却渗透出一股浓烈的杀气。吴大刀与他的刀剪影般斜映在街道上，显得尤其凶煞。

那一天，吴六斤的名字被堡子的人抛得一干二净，而吴金刀的威名第二天传遍整个通州。

吴金刀走到堡子一半的时候，就到了赵家门前。谁都知道五年前，吴金刀的老爹被赵家的藏獒咬死，吴金刀和他娘去讨个说法，被赵家两位少爷用鞭子抽了个遍体开花。后来吴金刀伤好后，就上了天津卫闯码头，看今天吴金刀的这派头，肯定和赵家是新账旧账一起算了。

所有人都关上大门躲在胡同内，眯着眼睛抻脖瞪眼地看吴金刀今天怎么用他那大刀把赵家人砍光，堡子终于又有新鲜事儿可以看了，吴金刀你就砍吧！抡圆了砍。有人跑出来给吴金刀助威，把事情给弄得越大越好。

赵家老爷面色苍白地走出院子，赵老爷还没说话，吴金刀先开口了。

赵老爷，我回来了，命也回来了，你们好发落。

赵老爷腿脚直打战，作了个揖说，贤侄，我们赵家对不住你……

吴金刀一抬手，停，赵老爷，我这个人也不是你侄，更不是多贤的侄。他把肩上的大刀横在胸前，赵老爷，我这把刀是大师兄洪火儿的，现在传到了我手上，我金刀一挥，千军万马听我号令，刀指哪就杀到哪，你们赵家大院能住多少拳众，这刀杀过假洋鬼子，杀过八国联军，杀过清兵，每天不沾点血它就叫唤，你听听？吴金刀端着刀向赵老爷身前凑，赵老爷吓得往回缩。

第二辑　人在江湖

赵老爷哆哆嗦嗦，说，贤侄，咱不能再结仇了，咱吴家赵家世代相交……

别扯呢，吴金刀刀柄紧攥，虎目圆翻。行，世代交好，让你家俩少爷崽子出来，我割上几刀。

赵老爷颤抖着，弯下身子就给吴金刀下跪，说，你划我吧！吴金刀脸上跳了跳，一甩头，咬了咬牙，好，赵老头子，你听好了，账今天可以不算，今年的佃租，全堡子都不交了。吴金刀说这话的时候，赵家几个小伙就想跳出来，都被赵老爷硬生生地挡了回去。

行，行，按照贤侄说的办。赵老爷满头大汗。

吴金刀连刀都没有拔出来，就把老老爷给镇住了。老赵家家大业大，两位少爷也是拜过江湖高人的，"赵家双枪，神鬼难防"，可赵家枪连个枪毛都没出来就被吴金刀给灭了。

也有人不服气。十二路谭腿"谭上潭"就不服，不是不服吴金刀这个人，而是不服吴金刀的刀。

这谭上潭也在义和拳静海堂口里待过的，从没听说拳众里面有个吴金刀这个人，洪火儿确有其人，名副其实的刀中之王，紫竹林之战中洪火儿挥刀斩洋人，那真是了不得，可这吴大刀？哪冒出来的？

谭上潭骑着大红马来找吴金刀，堡子的人在吴金刀的门外挤了个里三层外三层，还有人攀上了老槐树上瞧动静。谭上潭和吴金刀见面抱了抱拳，就进了正屋，门关了个严实，过了三盏茶的工夫，谭上潭和吴金刀手挽手走出来，脸上笑逐颜开，让大家摸不着头脑。后来有

倔强的青春

人就追问谭上潭，两个人在屋里过招没？谭上潭哈哈一笑，不作回答。

好多人就开始怀疑吴金刀的功夫，他那把大刀什么样子谁都没见过，就看到在正房南墙上用绛红布包裹着挂在那里，露出个霸气的刀把。过年过节时堡子上的人要吴金刀露几招，但吴金刀任由别人怎么说，就是嘿嘿地干笑几声，有人就说吴金刀是假把式。原因是后来有天赵家二少爷从洋学堂读书回来，拿起长枪，到吴金刀门前挑衅骂战，吴金刀一改以前，视而不见听而不闻。

十年后，日本人成立伪冀东防共自治委员会，派人来让赵家出个钱资助，甭说，赵老爷这前清秀才，颇有气节，死活不同意，钱有，但支持日本人是寸草不拿。没过多久在北平读书的赵家二少爷参加抗日组织暗杀了东洋人被通缉，这下子把日本人给惹恼了。

天刚蒙蒙亮，日本军曹带着一队伪保安团就开进东成堡子，把赵家围了个水泄不通，鸟都飞不出去。

赵家大少爷和几个伙计抄大枪就闯了出去，挺枪刺倒了几个伪军后被乱枪打躺下了。赵老爷心里如油烹刀煎。强忍悲痛一把扯住二少爷，说你得活着给赵家留个根，从地道里走吧！

然后赵老爷挺着胸脯就走出去了，指着挎着东洋刀的日本人说，让我给你们侵略者钱杀我们中国人，甭想。赵老爷说起话来原本咬文嚼字的，今天的话却叮当山响，字字发聩，老百姓听了打心底叫好。

日本军曹冲着老爷子挑起大拇指，把东洋刀就抽了

第二辑 人在江湖

出来，赵老爷脖子一仰，你想砍我的头，老朽还嫌你的刀脏。

吴小六，你给我出来。

吴金刀从人群里挤了进来。

小六子，我赵家欠你条人命，这十多年我心神不宁，今天，赵老爷比画了"砍"的手势，你来，我到阴曹地府见到你爹我也无愧了。

吴金刀开始没反应过来，听完赵老爷的话脸色发烧。迟疑了会儿，他迈步来到赵老爷近前，低声说，老爷子，钱财乃身外之物，大少爷的命都没了，你不拿钱你赵家门口就得平了。

赵老爷说，吴小六，你要是中国人，就给爷痛快来一刀，让老少爷们看看你吴金刀的刀是不是把宝刀。

吴金刀咬了咬牙，走到日本军官身边，一指赵老爷，我和他世仇，你把别人都放了，这砍人的事儿我来，我来。

堡子的老百姓在后面骂，这个吴金刀，落井下石，真他妈不是人，这个王八蛋，真会当汉奸了。人群里就有人开始骂街了。

吴金刀耳根发硬，提刀在手，重新回到赵家大院，扑通一声就给赵老爷跪下了，说，赵老爷，你家的人没事了，你最后有什么话说，贤侄送你上路。

赵老爷看吴金刀说得赤诚，胸前血涌。他把吴金刀扶起来，好小子，这才是咱东成堡的爷们，以后刀别闲挂着，多砍几个鬼子。

吴金刀哽咽了，赵老爷，放心，以后我拿鬼子的人头祭奠你，今天不行，全堡子人的命都看你了。

好，赵老爷一捋长须，都说你吴金刀有把好刀，死在你的刀下，算得造化。赵老爷向前迈了几步，捡起一支枯树枝在地上笔走龙蛇，边写边高声朗喝。

惟忠与义兮，气冲斗牛。

干犯军法兮，身不自由。

号令明兮，赏罚信。

赴水火兮，敢迟留！

上报天子兮，下救黔首。

杀尽倭奴兮，觅个——封侯。

随后抖手把树枝一甩，高喊一声，吴小六子，还不动手更待何时。

吴金刀早已泣不成声，赵爷，你走好！只见金刀一闪。

太　极

太极者阴阳未分之谓也，动之则分而为阴阳，静之则合而为太极。

我姓杨，直隶广府人。十岁在广府太和堂做书童，大家都喊我福魁。十六岁那年随陈掌柜来到河南温县陈家沟。我从小酷爱江湖技击之术，而陈家沟陈姓人家传一种"传男不传女，传内不传外"的内家拳法——太极。

第二辑 人在江湖

在陈家沟第三年的冬天,我偷拳学艺被太极宗师陈长兴发现,后见我品行端正,悟性灵奇,破例收我为徒。恩师不顾族人反对,将平生之艺倾囊传授与我,此知遇之情再造之恩,我没齿难忘。

十年后我离开陈家沟,朋友举荐我到京城端王府里做拳师。第一天总管王兰亭就当着王爷面,要领教一下我的拳术,我明白这是王爷的意思,但我若伤了总管,王爷那里也不好交代,我只有见机行事,点到即止。

我先抱拳示敬,说,总管您先请。

王兰亭自幼习武,擅长太祖七十二路短打、十二路无敌旋子腿,绝非浪得虚名之辈,曾腿扫甘陕直隶十位高手,名震京城。只见他双眉一挑,双拳以迅雷之势,急袭我前胸,此招式又称"夜叉探海",实中有虚,虚中有实。拳法随人则活,由己则滞,以静制动,见对方出手,我探左手拧腰身做蛇形,一招"揽雀尾",右手就扣上了总管的右手腕,王兰亭久经阵战,撤步变招,右腕变掌左手助力,一记岳家拳"单手开碑",切我的左肩。我暗自称赞,不等他招数发完,就气注腰间,身如脱兔,借力发力,大喝一声"野马分鬃",王兰亭高大的身子就被我击出两丈开外,实实地撞到墙上又反弹回来,扑倒在地上。他踉跄地爬起来,满身全是土,脸上通红一片。

端王问了我好多,最多的是我的拳术,最后说,我请你做八旗弟子的教练,你意下如何?我当场怔住了。

我从陈家沟出师后,陈家族人就再三叮嘱我,不得

倔强的青春

擅自收徒，更不得将拳术传给番邦蛮夷。眼前是高高在上的王爷，身上背负武林门派之规，左右为难。

第二天，武状元岳柱臣来王府求我授拳，我未能答应。

第三天，旗营统领时绍南携带重礼欲拜我为师，被我婉拒。

在第五天大清早，王总管小跑着过来对我说，圣上要看我练拳。万岁钦点我，让我着实不安。我整理好衣衫与端王乘马车直奔紫禁城。

文华殿上百官面前，皇上对我说，杨师傅你开始吧！我立定大殿中央，头悬日月，脚踏阴阳，提丹田之气，默念拳诀心法，抬手起势，一套太极一路施展出来，正是：拳似流星身如电，进退神速胸膛占，虚实莫测把着封。海底捞月亮翅变，挑打软肋不容情，手如运球神鬼怨……

文华殿内群臣看得瞠目结舌，一套拳法练完后，我收身定势，面不改色，躬身向万岁施礼，静听万岁评判。皇上赞不绝口，好！果然好功夫！

我不敢抬头直视皇上，皇上接着说，让你去教习八旗弟子们武艺的事情，端王也告诉我了，我清楚你的顾虑。是，国家有法度，拳法有门户，你自然身不由己，再者那些八旗兵丁王孙贵族，又有几个不是提笼架鸟的纨绔子弟？可自朕亲政以来，这国运不臻，民生多艰，官吏贪腐，朕急呀！

皇上停了一下，扫了一下四周的大臣，语气更重：杨师傅，心存芥蒂固封自守，技艺难以发扬，国粹难以

第二辑 人在江湖

传承，民族何以中兴？朕也想攘外敌狼烟于疆土之外，内清奸佞权党以安定寰宇，联满汉蒙回各族齐心定鼎华夏，建万世不拔之基业重振我大清。这中国，是满人的，更是汉人的，是朝臣命官的，更是苍生百姓的，这天下是我大清的天下，亦是天下人的天下。"

皇上短短一席话，掷地有声，尤其几次称我杨师傅，我汗如雨下。如今国家正逢多事之秋，我辈却还在纠结于门派利益之中！

晚上三更鼓敲罢，我左思右想辗转难眠，忽听窗外有人高喊"有刺客"，我心中一惊暗道不好，纵身跳到窗外。银安殿外，总管与十几个护院武师围住一人正在厮杀。来人黑布罩面，拳法凌厉，毫无惧色。总管一记重拳打在对方小腹，却被一股强大的磁力吸住，拳头犹如陷入棉絮之中，右臂早不听使唤了，几次挣扎脱身不得。另一武师见状从背后挺把夹钢朴刀斜砍对方肩膀，那人头也不回，头一低右掌回削，"当啷"一声，刀身便被肉掌生生切断，蒙面人身子微伏，便"大鹏展翅"飞身上了银安殿，稳稳矗立在岔脊之上。短短的时间，来人就施展出内功、硬气功、轻功，府上上下人看得仔细，无不惊骇。

我瞅了一旁波澜不惊的王爷，他向我微微点了点头，我脱去外面的长衫，纵身跃上银安殿。来人黑布罩头，双目放光。我还未走近前去，对方开口发问，何谓太极？

我回答，太极者，无极而生，动静之机，阴阳之母也。动之则分，静之则合。

倔强的青春

何谓太极技法？

仰之则弥高，俯之则弥深。进之则愈长，退之则愈促。有力打无力，手慢让手快，"四两拨千斤"。

好，好个"四两拨千斤"。蒙面人点了点头。身形一晃便已到我身前，出手便是太极第二式"金刚捣锥"，我忙用第四式"六封四闭"架住对方双拳。随后与对方你来我往战在一起。我先后使出太极大架，二路炮锤，一百零八势长拳，全被对方见招拆招，一一化解。我从未碰到过这么厉害的对手，以后也没有遇到过，他的武功超过我想象，我只有抖擞精神全力以对。一个时辰后，端王怕我闪失，吩咐左右，弓弩手准备。我纵身退出圈外高喊，王爷且慢。蒙面人收招式正身形，哈哈大笑，真是"豫北陈家拳，冀南杨家传"，说完施展轻功飞出十几丈外，随后踪影不见。听到蒙面人最后的话，我心头的巨石落了地。

多年后，太极拳传遍四方。

再以后，我老了。我告诉我的后辈传人，要永远记住：这天下，是天下人的天下，太极，便是天下人的太极。

我是杨露蝉。

裴道姑

裴道姑对着多英略躬了身子，说，胜负既分，何必再害人性命……

第二辑 人在江湖

裴道姑生于北京皇城根下，其父裴彦在兆惠将军麾下任正三品副将，乾隆十三年，随兆惠将军平定天山大小和卓之乱战死疆场。

父亲去世的消息传到京城的时候，裴道姑年正十岁，年纪虽幼但内心刚毅坚强，精心照料病痛中的母亲。大年夜兆惠将军邀庆亲王在其府中宴请属下将领亲眷，以示安抚，裴道姑也随母亲在席间就座，庆亲王见她小小年纪面目清秀，便拉过来问长问短，熟料小姑娘大庭广众前毫无怯意，对答如流，庆亲王甚是欢喜，一高兴就认作了干女儿，外人则尊称裴格格。

这裴格格阁中能临摹丹青，精通词律，心存侠义，打小拜武林高人为师，对江湖各大小门派的拳术兵器颇有研究，自古至今的武功拳谱典籍，更是无一不晓。

来年三月，庆亲王带领家眷去香山踏青回来路过白云观，欲进观游览，可才到道观门前，忽然凭空飘来一团黑雾就遮住了整个白云观的上空，仿佛有意扫庆亲王的兴，庆亲王满脸不悦，王妃和随从们都感到挺不顺心。这时，一穿戴素衣的小姑娘，从人群中闪出来，手提青锋宝剑，一摁弹簧，藏朗朗剑早出鞘，挺身站在王爷和王妃前面，口中振振有词，有孩儿在前面带路，看何等妖孽能动吾家分毫，话刚刚说完，那团黑云仿佛受到惊吓，一阵风消失得无影无踪。庆亲王与王妃等人皆感玄妙，白云观主持频频点头，说昨日全真祖师托梦与我，说有我辈贵人造访，今天方知格格千岁与我教有缘呀。众人无不暗自称奇，王爷和王妃更是欢喜，对裴家小姐

139

倔强的青春

更是疼爱有加。

乾隆二十二年，裴小姐避婚离开京城，在武当山皈依道教，潜心修炼奇门遁甲五行之术，且修仁蕴德，济贫拔苦，谁要有了什么难处，裴道姑都会不遗余力地帮助，武林中各门派发生了什么纠葛冲突，没有裴道姑解决不了的，官府以及江湖黑白两道听说裴道姑三字都会敬上三分。

乾隆三十年，朝廷在全国上下选试武状元，考场之上，大江南北黄河两岸的武林群雄人才济济，尽显身手。其中有清朝第一巴图鲁之称的多英技高一筹，艺压当场。多英武功盖世，上场便施重手，连伤中原十几位江湖好汉，最后与"铁掌震九州"徐春堂决战雌雄。二人都施展出绝技，徐春堂的绝招为少林金刚掌，断石石裂，自认为铁掌一出必能够将对方击倒，可右掌"砰"的一声击在多英的胸口，如撞铜墙铁壁，徐春堂被震得虎口发麻，心中暗道不好。多英哈哈大笑，身形一换使出"夺命连环腿"，第一腿扫对方的面门，徐春堂屈身躲过，多英连环腿迅捷无比，第二招直接扫中徐春堂的左肩，徐春堂大叫一声，横着飞出十几丈开外，口吐鲜血，才挣扎起身，多英腿快身快，瞬间就到了他跟前，连环腿第三招叫作"浪子踢球"，所有人都看得明白，这一脚踢中大罗神仙都会丧命，千钧一发之际，场上人影一闪，快如鬼魅，伸手在徐春堂身上一推，徐春堂就出去十米开外，恰躲过了多英的惊魂一脚。多英一击未中，恼羞成怒，收招仔细观看，对面多了一位清秀的女道士，他

第二辑 人在江湖

正想发作，周围一位偏将上来大喊，休得造次，这位是格格千岁。

裴道姑对着多英略躬了身子，说，胜负既分，何必再害人性命。

多英碍于庆亲王的势力，表面喏喏应承，心中却好大的不服，都传闻裴道姑武功高强，我看你也难破我的连环腿。

裴道姑好像也看出了多英心思，抖了下手中的拂尘从多英身边走了过去。

多英夺得武状元后，更加飞扬跋扈，肆无忌惮，遍寻天下武林高手比武，难遇敌手。得意之余，每想到裴道姑比武场上腿下夺人，心中就耿耿于怀，他多次去武当山找裴道姑一决上下，都碰壁而回，裴道姑显然是故意回避他。几年后，多英升任西北大营提学使，因克扣军饷，被下属举报，皇上龙颜大怒，满门抄家，妻儿老小发配宁古塔，自己则充军甘宁。

多英身陷囹圄才幡然悔悟，但已经于事无补，自己死不足惜，可妻儿老小受了连累，就算是到了宁古塔这一路上也会被营役折磨半死。多英心如刀绞，正可谓上天无路，入地无门。

多英一路失魂落魄，被人押解至嘉峪关附近时，但见漫漫黄沙，荒凉无比，天上连一只飞鸟的影子都看不到，心中更觉凄惶。忽听一声呼哨，前面沙丘后涌出十几名持兵刃的江湖杀手，眨眼间将多英等人困在了中心。多英一看全是曾经的江湖仇家，自知难逃活命，索性双

倔强的青春

眼一合，束手待毙，就在此时，半空中传来一声大喊，无量天尊，如平地春雷。待多英睁开双眼，周围的人已走得无影无踪，前面只有一名鹤发童颜的女道士。多英揉揉眼睛，似曾相识。女道士抖了一下拂尘，对他说，此去再无他人纠缠，恶果既偿，好自为之。

说罢从身后抽出两只卷轴，送到多英手中飘然而去，多英不明所以打开画轴。第一卷画着一位道姑手执拂尘，左腿朝天侧踢，腰身微倾，食指作剑，多英思忖了片刻，恍然大悟，正是破自己连环腿之法；第二幅则画着两名豆蔻少年与一名老妪在树荫下歇憩。多英看罢热泪纵横，俯身向裴道姑离去的方向伏地恸哭，高呼，格格吉祥，道姑吉祥。

后多英履历军功，战死疆场，千古留名。

齐眉棍

妻妹拍拍手上的尘土，一笑道：我这雕虫小技，不入大姐眼尔……

宋朝末年，顺天府有一武举姓索名焱，祖上乃水泊梁山一百单八将急先锋索超后人，天生神力，武艺出众。性情豪侠义气，真正的路见不平拔刀相助。擅使一条熟铜齐眉大棍，进京武科场会试，棍扫群雄难逢对手，一举夺得头榜武状元之名，落得个绰号：神州一棍。

第二辑 人在江湖

主考副主官姓王，原先做过征辽偏将，见索焱生得魁伟，胆识超群，就有心将大女儿许配与他，托人寻问，索焱单身，欣然应允。

婚后，那索焱终日里张弓挟箭，驰马试剑，交游三教九流意气相投之人。王偏将多次指责批贬，索焱开始还有所觉悟，后来渐渐地当作耳旁风。

过了数年，王偏将因不得朝廷重用，忧郁成疾，没过数月就升了天。王家失去了主心人，一府上下坐吃山空，没过多久家就败落了。

索焱与妻子另立了门户，过上了小家日子，仍旧不思进取，白天里舞枪弄棒，晚上与一些狐朋乡党酗酒买醉。妻子生得娇小纤柔，性情温厚，每次在索焱烂醉如泥后，伺候得无微不至，第二天好言相劝，弄得索焱非常烦恼。

这一日，索焱正在朋友宅中喝酒，妻子赶来劝他回家，让其上山砍些杈条横个晒衣杆。索焱觉得自己在朋友面前还要受家人管教，面上备感无光，恼羞成怒，气冲冲地拉着妻子回到家中，关上屋门便对妻子拳打脚踢，弱妻子也不敢动弹，任他狂殴，直到索焱止手，妻子已遍体鳞伤，也不哀求言语。

索焱一指屋角自己的那条齐眉棍，怒骂：你这个不识相的妇人，搭个衣裳杆子，还这么大呼小叫，这条棍子够使了吧，拿了去吧! 说罢，夺门而出，仍旧折回朋友家处。

索焱穿街而过的时候，看到自己最小的连襟一副苦

倔强的青春

相，在街头摆弄着布匹叫卖，不禁纳闷，便大步走过去，问个究竟。

襟弟怎么如此惆怅？

襟弟紧皱眉头道，兄长不知，我那口子脾气暴躁，凶悍异常，一句差池，经不得她一指头，我常看她眉头眼后，常是不中意，总是受她凌辱。

索焱大怒，不觉双眉倒竖，两眼圆睁说，真是一家恶妇，如此不平之事，看我如何教训。

襟弟战战兢兢，襟兄还是莫惹事了，让我家那口知道，我又受欺负。

索焱冷哼一声，抬腿就向镇外走去。

妻妹家离索焱住处十里，转过一个山坳就是。

那妻妹正挑着一垛柴木进家，见索焱匆匆赶到，便迎进屋里。让了上座，须臾之间，烫了一壶热酒，托出一个大盘来，内有热腾腾的牛肉，一盘鹿脯，又有些腌腊小菜五六碟，道，姐夫休嫌怠慢。索焱见她殷勤，接了自斟自饮。一会儿酒尽肴干，妻妹便又收拾桌上盘碗。索焱便说，看姨妹如此贤明，怎么对丈夫不通礼数了呢？妻妹一听，将盘子一放，且不收拾了，怒目道，是不是那厮和姐夫告了我的状？索焱忙道，襟弟一个壮男，哪能做些女人之事，岂不让人笑哉，姨妹待客周全，又不像个不近情理的，我故此到这里好言相问一声。妻妹伸出右手扯住了索焱的手腕，走到院中青石桌边道，那我正好和姐夫说说。

索焱发力摆脱，一时间挣开不得，暗道，好大的气

第二辑　人在江湖

力,待会儿看她说不清道理时,算计打她一顿。妻妹在大青石上拍拍手道,前日有一事,如此如此,这般这般,是我不是,还是他不是?说罢,便把一个食指在青石上一划,这是一件了。划了一划,只见那石皮乱爆起来,划了三划,那青石板上便以锥子凿成的一个"川"字,足足皆有寸余,就像楔刻的一般。索焱惊得浑身汗出,满脸通红,连声道,都是妻妹的是。要与她分个皂白之心,好像一桶雪水淋头,气也不敢抖了。索焱心里叹道,幸亏不与她交手,否则性命休矣。索焱作了个揖,向妻妹道了谢,欲转身离开,心中思忖,张口便问,姨妹一身的本领,不知你家大姐有何能耐?

妻妹拍拍手上的尘土,笑道,我这雕虫小技,不入大姐眼里。

索焱脸上变色,惶惶地回家走,推门进家,见妻子正在两树之间踌躇,手里拎着那条八八六十四斤的熟铜齐眉棍,如拎棵稻草,索焱正欲说些歉意之词,见妻子玉手一捋,手中的齐眉棍如面如泥,七尺的棍子忽然长了数尺,从手中拔出来,变得只有手指粗细,又见她纤臂一抖,铜棍从第一棵树穿进去,另一端钉入另一棵树身中。妻子将脚下木盆中的衣服悉数搭好在铜棍之上,再不理索焱一句回了正屋。

索焱惊得目瞪口呆。自此收拾了好多威风,再也不去惹闲管事,日后妇唱夫随,得以善终。

倔强的青春

快刀又见快刀

那人斥问柴豹,依军中戒律,调戏良家民女,犯者斩之。

北宋徽宗年间,兵部枢密使童贯帐前有一行刑官,人送绰号"鬼头刀"柴豹。此人出身京城一屠户人家。其父专给童贯府里送些熟食精肉,柴豹之父在生意场滚爬多年,精于世故,好逢迎结交达官显贵,又与童贯府上打交道,生意上自然得利,人气上也乐得欢喜。

一年,童贯为其父大摆寿宴,柴父缺少人手,就将儿子柴豹带来做些下手活,寿诞晚间,突然有刺客闯入,连杀府内十几名侍卫,眼看闯入内厅。正在这时,一猛汉手持屠刀,拦着刺客去路,两人厮杀了四五十个回合,刺客渐渐不敌。欲脱身想逃,那猛汉则越发勇猛,一刀将刺客拦腰砍为两截。

童贯化险为夷,自然要对那出手之人加以褒奖。那猛汉垂立童贯面前却也不紧张。童贯问其是何人?

猛汉抱拳称,柴屠户之子,柴豹是也。

童贯见柴豹相貌魁伟,一副勇士之相,便有心提拔,吩咐手下将柴豹留在了军中,做了一名监斩的行刑官。

从此柴豹有童贯的照应,在军中一路得意,飞扬跋扈不可一世。军中每有处决的逃犯,违法的军士,柴豹

第二辑　人在江湖

都要亲自操刀。这让军中将士见了他都不免心惊胆战。

柴豹还有个习惯，行刑前夜总是要见一见被处决之人。喜欢看这些人生前对他的猥琐之相，另外或许还可以诈些银两。

在宋军征讨起义军方腊的时候，有名参将临阵脱逃，依照军法罪该当斩，行刑前夜柴豹依旧提着一只酒壶，到牢里去见这名参将。参将和柴豹早有熟悉，知道自己明日难逃一死，索性说话少了拘束。

柴豹问那参将，有什么话要说吗？言语非常傲慢。

参将坦然一笑，说，柴豹，我虽是临阵脱逃，但非是怕死，而是不乐意做童贯等贪官的奴才走狗，你也休想再打我主意。

柴豹有些动怒，将手中酒壶摔个粉碎。那我明日一刀一刀凌迟处死你。

参将不惧，柴豹，你自称"鬼头刀"，其实不然，别说江湖上超过你的人很多，就是这军中快刀胜过你的就有几人。

柴豹火起，劈头问道，笑话，这军中谁的刀能超过我，我现在就和他一决雌雄。

参将说，当初你是军中头号行刑官，现在你不是了，因为水泊梁山的人已受了招安归顺了朝廷，那梁山泊好汉个个都身怀绝技，军威严整，队伍中两名行刑官，刀法了得，你根本不是对手。

他们姓甚名谁？

铁臂膀蔡福，一枝花蔡庆。

倔强的青春

柴豹气冲牛斗，挥手一刀便将那名参将劈为两半，鬼头刀上没染上一丝血迹。

回到营帐柴豹心中闷闷不忿，天亮带过一匹战马，抄近路向梁山大营而去。战马一路狂奔，穿田过野，眼看大营接近，前面有人拦住了去路。那人赤着两条臂膀，块块筋肉如同油漆铁打，左手持军中令牌。对柴豹高喊，铁臂膀在此。尔等身为宋将竟然纵马践踏农田，依军中戒律，贻害百姓，犯者斩之。

柴豹对着那人呸了一声，扬鞭仍旧前赶。

那人将令牌插在腰后，抄起背后一面锯齿砍刀，大喝一声，只见寒光一闪，柴豹在马上奔出数十丈开外，那马匹停住不前，不住摇晃，柴豹再一抖动缰绳，发现手中只攥两缕空绳，那马首早被大刀砍掉。柴豹被摔下马身，回头再看那汉子不知去向。

柴豹惊恐不宁，才知梁山军中真有高人。

柴豹跟跟跄跄地向前赶，前面有一座茅屋，炊烟袅袅，柴豹闻有饭菜的香味，肚子里倍感饥饿。推柴门进了屋子，见一个农家女子正在烧饭，柴豹便想吃些饭再走。上前呼喊大嫂能不能方便些酒饭。女人问了一声，是梁山的英雄吧！柴豹诺诺地点头。女子将柴豹让进屋里，又灶前灶后地忙碌起来，不一会儿上来两个小菜，一壶米酒，柴豹心焦，喝了几口酒，胡乱填饱了肚子，坐在屋里生着闷气，看那女人弯腰低首地收拾碗筷，身姿也算得窈窕丰盈，柴豹不免就动了色心，扑过去上下其手，女人反抗，柴豹便要霸王硬上弓，女人的辱骂声

第二辑　人在江湖

招来数名村民与路人，纷纷举叉扬棍围着柴豹喊打，柴豹本来郁气发泄不出，这回便上了蛮劲，拔出大刀砍倒了俩人，夺路就走。正走得急忙，前面站一白净汉子，劲装短靠，鬓角插一朵红花颇受瞩目。

柴豹横刀一指，你是何人？

那人斥问柴豹，依军中戒律，调戏良家民女，犯者斩之。

在军中，还没有人胆敢砍柴某人头。

那人仰天一笑，口中振振有词，堂堂仪表气凌云，杀人到处显精神。行刑问事人倾胆，一枝花枝鬼断魂。

说罢将令牌插入路中央，便从肋下缓缓地拔刀，柴豹大喝一声，举刀就剁，忽然脖颈一凉，感觉身子忽然发飘，仿佛被那好汉拎到半中，转眼一瞧，自己无头的身子还在几米开外，做着挥刀姿势，他感觉自己头颅越走越远，一直到自己的空身子没了踪影。

第三辑　流光溢彩

　　青春永远是不老的话题，那些青葱岁月，多彩的情感，时代的追忆，承载的是生命的烟火，绽放在读者的内心和作者的笔尖。

红孩子

我看到妈妈从老皮箱里取出一支乌黑锃亮的小手枪，递给爸爸……

我叫陈延安，但我还有好多名字，比如王海、吴小洲、常京京、霍小武等等，这些名字都是在我每次换新家后，爸妈起的。我不知道爸妈为什么这么做，但我清楚爸妈这么做肯定有他们的缘由。

我说过我经常搬家，今天在上海明天常州，过半年我又到了南京，我就像爸爸手里那只褐色的老皮箱，无

第三辑 流光溢彩

声地四处漂泊。

爸妈的真实名字我到现在都不知道，我叫王海时，爸爸叫老王。叫吴小洲时，他自然就随我姓吴了。妈妈长得很美，她是世界上最好看的女人。我记忆里的妈妈很少说话，她是爸爸的好助手。

爸爸妈妈出去办事时，把我一个人锁在木屋里，白天从窗子上向外张望，马路上的小孩子们穿着花衣服，和他们的爸爸妈妈手牵手上幼儿园、去戏院，我心里好羡慕。

这些都是我可望而不可即的，我不能和孩子们交朋友，不能和周围的人说话，甚至不能在楼下的空地里晒太阳。

巷口有几个梳着麻花辫的小女孩，正在跳房子做游戏，我在窗子里向他们摆手，可她们看不到我，能和她们一起玩该有多好呀！这时门开了，妈妈走进来，我急忙把手藏到身后。

晚上我蜷缩在被子里，屋子里静得可怕，屋檐上野猫的叫声多么瘆人，角落里总有个黑影张牙舞爪的家伙准备吞噬我，我把被子蒙起来动也不动，耳朵里听到的全是自己的心跳和喘息声。

我爱做梦，梦中经常听到嘀嘀的声音，有一次我问妈妈，家里的表坏了吗？妈妈说我的耳朵出问题了，可我的耳朵好好的。

不要认为我是个被遗弃和拐骗的孩子，我是爸妈

倔强的青春

亲生的，他们很疼我很爱我，一家人在一起时，爸爸亲着我小脸蛋说，孩子，等你长大了就知道这一切是为了什么。

那年的冬天特别冷，我们在这城市换了三个地方，爸妈分头出去的时间多了，一天深夜我在被子里，听到妈妈和刚进门的爸爸小声谈话，好像什么人变坏了，中央让赶快转移。

妈妈说，什么时候走？

爸爸坐在床沿上吸了口香烟说，明天你先走，我去把这次任务完成了！

我看到妈妈从老皮箱里取出一支乌黑锃亮的小手枪，递给爸爸。

天刚发亮爸爸就出去了，妈妈为我穿好衣服，拎起那只皮箱领我下了楼，我的小手被她牵着，上了一辆黄包车，离开了仅住了十几天的老木屋。

黄包车到了江边码头，我和妈登上一艘油轮，妈妈时不时地看着手腕上的表，焦急地盯着渡口，却始终不见爸爸的影子，我也开始为爸爸担心起来。

时间在一点一滴地过去，油轮的汽笛叫了三次了，码头上忽然来了好多宪兵和军警。他们向油轮奔跑过来，妈妈抱紧我，亲了亲我的脸，对我说，孩子，在这里不要动，不许哭，会有人接你，妈妈要走了。说完她决然地走出油轮。

我看到妈妈昂首走上码头，一个瘦脸男人指着妈妈

第三辑 流光溢彩

说了什么，军警就把她抓住，上了辆很严实的汽车。

我的眼泪流下来了，我对自己说我不哭，一定不哭。

不知不觉我睡着了，醒来时我身旁站着个高个子叔叔，他说是爸爸让他来接我。

我和他到了一个地方下了船，换上汽车，然后是马车，走了好多天，来到了到处是山的地方，山上还矗立着一座宝塔，一切都那么新鲜。

高个子叔叔领着我，到了一位姓周的伯伯那里。周伯伯从我的衣角里面取出一张纸条，那上面密密匝匝地写满了数字和字母，这是妈妈缝进我的衣服里面的。

我住进了宽敞的窑洞，这里有学校，学校里有好多和我一样大小的小朋友，我不再孤单的了。可我夜里总是梦到爸爸妈妈。

我弄醒睡在一旁的罗陕北。

小北，你想你的爸爸妈妈吗？

小北说，我想。

然后我们就哭出声来，把所有的孩子都闹醒了，孩子们都哭，喊着要爸爸要妈妈。

第二天，周伯伯来了，他身旁跟着位面善慈祥的阿姨。周伯伯来到我们中间，那位阿姨拉着我和罗陕北的手说，小朋友们，你们的爸爸妈妈离开了你们，学校的老师、阿姨都是你们的亲人，孩子们，我就做你们的妈妈，我就是你们的妈妈。

所有孩子一齐喊，妈妈，妈妈。

声音漫山回荡，响彻云霄。

倔强的青春

事情就这样发生了，杰子背着手拿着记功本走过这里，他摇晃着脑袋，问小个子，咋啦……

那个十八岁的夏季真是燥热无比，阳光烤灼着我的目光，看不及五十米之外的风景。这时杰子穿着短袖背心，下边穿着红红的短裤，晃里晃荡地走过来。好多人见到便起来溜走，而我没有，我的屁股还是继续沉在长椅上，像是在等待着他。

杰子是我的工友，很普通也很有缘分。我们见面惺惺相惜地点头，然后各自走开，我是厂里写诗的诗人，杰子是这厂里的恶少。

我和杰子关系向前迈进一步是因我遇到了一件小事，而杰子搞得风生水起，足以让周围的人对他对我刮目相看。

我介绍一下我所处的环境。我和杰子待的工厂是乡镇企业，生产的产品是汽车农用车的灯罩。灯罩经过压制成型后，需要在炉窑里进行降温处理。我的工作是控制炉火温度，对产品进行降温。那天我也是马虎，脑子里正构思一首蹩脚的诗歌，就将每隔半小时续一次煤的

第三辑　流光溢彩

时间忘了，当我听到炉内灯罩发出的脆裂声响时，我才醒过神来。

生产厂长是个小个子，指着我鼻子吼，我那时很老实很软弱。事情就这样发生了，杰子背着手拿着记功本走过这里，他摇晃着脑袋，问小个子，咋啦？

小个子说，小屁孩儿干活不着靠，这损失大了。小个子骂我小屁孩儿，我无地自容。

想不到杰子急了，你说啥？

小个子怔了一下，脸上一红一白的，问怎么啦？

杰子的嗓门我第一次发觉那么傲气和嘹亮，他扬起右手挑着大拇指，告诉你，你他妈的再骂我兄弟，我就揍你。

杰子说着就举起拳头，小个子厂长吓跑了，后来他也没有扣我工资，还花钱请了杰子搓了顿饭，这样我和杰子就成了铁哥们儿。

可杰子不久就暴露出了他是想利用我。那天他溜达到我跟前，问我别忘了续炉火，好像他是有意让我不要忘了他的那次义举，不要泯灭对他的感激之情。

然后他神秘兮兮地对我说，猜我看上谁了？

我问谁呀？

杰子说，是乡政府分机那个梅妞，可梅妞见我总是躲，不当回事。

我掩饰着心里的得意，我说，你得真诚而执着，知道吗？执着！你天天吊儿郎当的，人家以为你开玩

倔强的青春

笑呢？

杰子对我的话深信不疑。要不亘古至今流传那么一句至理名言，那就是四肢发达的人真的是头脑简单。

我懒得去理会杰子一厢情愿的坠入情网，他实在高估了自己，他哪里配得上梅妞呢？

中午我在宿舍正看着一篇小说，杰子推门进来，我瞥了他一眼示意他坐下。杰表现得很稳重，用商讨的口吻说，我想给她（梅妞）买件礼物，可以吗？

我不置可否嘴里嗯了一声，不表示支持也不表示反对。

我已经买好了，你看看这东西行不行？

我挺好奇杰子能买到什么让女孩心动的礼品。看他从裤袋里掏出一只黑色蝴蝶发卡，那透明羽翼上点缀着颗颗晶莹的金属片，在手里转换角度就粼粼发着光芒，我觉得杰子这点上很难得，蛮有眼光。

怎么样，不错吧？

我点了点头，不错，真的不错。

然后杰子交给我一项重要而艰巨的任务，就是让我去将这只发卡送到梅妞手里。这很让我为难，可看着杰子信任期待的眼光，我只好去了。

正晌午乡政府大院里一个人影都见不到，只有柳树上的知了在鼓劲的扯嗓。我走路时提了口气息，脚步迈得很轻。推开关好的铁门，蹑手蹑脚地向里走，我悄悄地到了分机房的窗台下，努力调整了一下情绪，推了一

第三辑　流光溢彩

下门，里面插死了，我正犹豫下一步如何进行，听到里面有异样的声音传出来，是喘息声和梅妞的欢叫声。那种声音好像是在享受欢乐又像饱尝痛苦。让我内心震颤。

我回到宿舍久久不能平静，我将蝴蝶发卡还给了杰子，我善意地隐瞒了许多情节。我说我干不了这件事，并委婉地告诉他梅妞不适合。

杰子的恶霸脾气上来了，对我很看扁，好像我故意不为他赴汤蹈火，是对他大不敬。我懒得和他争执。我知道他只有一次次撞到南墙后才会彻底清醒。

那天下午下班杰子没有回家，他说梅妞今晚一个人的夜班，他晚上便会强行发生好事。我看到他的大眼瞪得溜圆内心充满渴望和忐忑。

入夜后，我躺在家中的炕上翻来覆去，脑子胡乱想了一晚，第二天早早地来上班，看见乡政府大院挤满了人，我想事情闹大了，杰子出事了。

我挤进人群里看到杰子的尸体躺在路中央，头上盖着他的白衬衣，他的左手紧紧攥着血肉模糊的右手腕，我没有一丝恐惧，感觉他如往常一样睡熟，想过去搬弄他起来。小个子厂长说童子不能看，小心让他叫了你去。我害怕了，躲回人群后。

杰子是晚上砸梅妞的窗户，被巡防队当贼用棍子打死的，没有谁来承担这个责任。后来杰子的爹妈在乡里闹了一个月，拿了十几万回去，这件事就草草了结了。

我承认杰子的死和我存在一定的关联。我的犹豫不

倔强的青春

决害了他。假如我告诉他，那天中午我瞧见乡长满头大汗地从分机房里出来，那梅妞满脸潮红的和乡长撒娇。杰子听了也许断了念想。但我也否定过，杰子可能会更不甘心。

一年后我自学考上了中专。可惜杰子再也看不到，否则不知怎样地为我吹嘘和打气。当我驮着行李走出工厂大院时，墙角有个东西晶亮亮的晃着我的眼睛，我分开杂草仔细去看。那堆破破烂烂的砖头底下躺着一只黑色的蝴蝶发卡，虽已染尽斑斑尘土，却仍在阳光下闪烁着倔强的光芒。

闪光的年华

赖文志问我，二子，我想当兵，我要不去当兵，我爹就让我跟着他杀猪……

高中毕业后，爸爸没有给我安排事情干，嘱咐我在家里安心看书。因为明年我就该参加待业青年考试了。

郊区西关的同学赖文志常去找我。他每次去我家总是欢喜得不得了，有时就在我家蹭上一顿白面饭，或跟着我用粮票到粮食供应所买炸果子。那时的炸果子又脆又香，从没说用什么地沟油之类的东西。我和赖文志一人一张果子饼吃得很痛快。看着赖文志很狼狈的吃相，

第三辑　流光溢彩

说心里话，我有些看不起他，但我不表现出来，赖文志一点察觉都没有。

那时吃商品粮的非农业户，让农村人很是羡慕，赖文志经常挂在嘴边一句话就是说，二子，我长大一定要当个城里人。

我说，我同意。到时我们一起凭粮油本买果子，一起工作甚至一起娶媳妇。

小赖说，二子你这人和蔼可亲，比胜子他们强，他们看不起我，看不起我的人我也看不起他们。

我当时心说，我也看不起你，可我没说。

赖文志的父亲是个屠夫，在村里杀猪。后来到市屠宰厂上班。这个工作还是我父亲给找的，如今赖文志的爹七十多岁每月能拿两千块钱的退休金，他逢人就说我家的好处。

赖文志心气蛮高的，他总是想一鸣惊人，他说考学对他失去了重要意义，他已经参加两次高考，都名落孙山。他现在面临两种选择，继承祖业或是另谋生路。

赖文志问我，二子，我想当兵，我要不去当兵，我爹就让我跟着他杀猪。

我说，我支持你去当兵！

赖文志果然在征兵的时候参了军。到了部队，却做了营部后勤的饲养员。他给我的信中语气仍是沾沾自喜，二子，你不知道，养猪这个差事，连长不信任的还不让干呢。

倔强的青春

这家伙真的是傻透了，我真搞不懂养猪为什么让赖文志这么骄傲和满足。连队所有人都说他养的猪顺溜，猪见了他都头摇尾巴晃的，我估计他的战友们就是为了满足他那点虚荣心，让他心甘情愿地做猪倌做到底。

赖文志还是在部队上使他的强项得以充分发挥，他天生就是杀猪的料子，这个三代屠夫的传人，总是在猪的惬意里，手起刀入，将八戒弟子一个个送上了西天。那些猪对赖文志还是有感情的，甚至临被屠宰前还要对赖文志哼哼地叫几声，是谢意还是诅咒，也许表达能在他的屠刀下做死猪也风流呢。

时光如白驹过隙，一年过去了，赖文志的部队接到了去老山前线轮防的命令，本来赖文志可以留在驻地里继续养猪事业。可是他太想立功了，太想自己飞黄腾达了。他告诉我时无法掩饰内心的兴奋。

二子，你好：

我的机会来了，上了前线荣立个二等功，地方上就给安置工作，回去我就是城里人了，咱俩就可以朝夕相处了。再者军人以服从为天职，想当年你劝我入部队之熔炉，现在看果真如此。文志此去，定当慷慨报国凯旋。

那封信写得很滑稽又超级悲壮，感染得我也肃然起敬，我默默祈祷，文志，你会回来的，一定的。

赖文志的牺牲纯属偶然。在一次战斗中，部队组织突击队强功无名高地，赖文志主动要求参加，突击队的任务完成得相当顺利，几个冲锋就占领了敌方阵地。

第三辑　流光溢彩

在清理越军一座地堡时，战士们向地堡里投了几颗手榴弹，里面发出几声惨叫。赖文志第一个跳进地堡搜索，地堡里越军被炸得血肉模糊。这时他听到呻吟声，一名衣衫褴褛的越南妇女躺在地上，捂着流血的肚子。赖文志也谨慎地用枪口碰了碰对方，那女人动了动，微微睁开了眼。赖文志看她没有反抗的意思，把枪背好去扶女人起来，可是当他俯下身子的瞬间，女人的手里突然多出柄匕首，瞬间就捅进他的心窝，这个女的显然也是老手了，捅得很正，就像赖文志杀猪那么准确无误。

赖文志牺牲后，部队将一面红旗和一等功勋章，转到了他的家里。

在云城市烈士名录中，这么写着：赖文志，男，1982年10月入伍，1983年6月牺牲于对越自卫作战，年仅20岁。

年底待业青年安置考试，我得了第一名。按父亲的想法让我去工商局。我想好男儿就该像文志一样选择有奉献和牺牲的地方，当我在公安局那栏后面郑重写下自己名字的那天，我18岁。

苏文亮的方程式

实事求是地说苏同学在新学期开始时还是学而时习之，学而不思则罔，思而不学则殆的。

倔强的青春

偶尔也背诵段英语……

我们的主人公苏文亮同学初中毕业了,他郑重地接过老师手里的毕业证和中考成绩单,毅然地走出了四中的大门。

苏文亮很是向往市重点高中的,那里是名牌大学生的摇篮。而自己的成绩和重点高中录取分数差 111 分,就是差三根棍儿,这样就使苏文亮望而生叹。

在一个月黑风高之夜,苏文亮将无奈和憧憬寄托于老爸,倒腾皮草的父亲在堆满皮手套的桌子上,用填送货单的圆珠笔,列出了一个既经济又高效的 $y > x + x = y$ 方程式。那就是现在直接上重点高中,会缴纳一万多元的培养费,而去镇高中,只需缴纳两千元。先去镇高中上学,上两年后再利用关系转入重点一中,那就可以省去一万多元的培养费,又可以进入重点学府的大门。

苏文亮同学不得不叹服父亲英明睿智的脑袋瓜子,当好多人托门子剜窗户地进入重点高中时,苏文亮同学则轻轻松松地成了镇一中高一(三)班的一员。

实事求是地说苏同学在新学期开始时还是学而时习之,学而不思则罔,思而不学则殆的。偶尔也背诵段英语。

但苏同学犯错也是不可避免的,这个问题有必要说一下,苏同学是个很高大很威猛的人,他的食物摄取量是相当高的。当苏同学的饭票和饭量不成正比时,当有的学生竟然可以享受白送或多给的情形时,苏文亮潜伏

第三辑　流光溢彩

已久的愤怒爆发了,他抄起饭盆里的大铁勺,扣在了食堂大师傅的脑袋上。

事件发生后,苏文亮的英明老爸给了那大师傅一顶獾皮帽才把事搞定。校方也念其系初犯,所以苏同学才允许得以在校继续深造。

返校后的苏同学名气俱增,毕竟在整个学校,能把打厨子的人只有他一个,因此备受瞩目和青睐,许多女生看到他就说,瞧,这就是苏文亮,这样就使苏文亮很不好意思。所以他想他需要蛰伏。我要蛰伏。苏文亮对自己说。

但他发觉一个人让他很不爽,那就是政教处老齐,这人经常到班里来挑他的这个那个的毛病,还好自己在蛰伏阶段,老齐也没抓住自己太多的把柄。据小道消息传闻,老齐这个人很色很险恶。苏文亮对老齐非常鄙夷,这种没劲的男人也配做师长？苏文亮想,老齐别惹我,老齐你他妈的别惹我。

没劲的老齐终究惹了他。

那天下午月考,埋头答卷的苏文亮发现自己身后的樱子没来,心里还好纳闷,樱子和自己都是四中考来的,她单身的母亲是不是也会计算那个 8＋8 的公式,苏文亮不知道,但俩人关系相当友好。过了一个来小时,樱子才进教室,坐下就滴答滴答掉眼泪,苏文亮写了个纸条,问怎么回事,

樱子回复,说午休睡过了,被宿管老太锁在宿舍楼,

倔强的青春

醒了后砸门，那个老齐来了，非得抱她从铁栅栏上过去，幸好宿管老太回来把门开开，否则后果严重云云。

苏文亮同学义愤填膺，他把才刚答完一半的试卷交了，阔步走出教室去了政教处，老齐正在屋内看电视连续剧《亮剑》。老齐问，苏文亮你不考试到这里干什么？

苏文亮同学是可忍孰不可忍，在李云龙一声要敢于亮剑的呐喊中，他抄起了桌子下的暖水壶，投向了老齐发秃的头顶。

发泄完的苏文亮站在政教处门前反省，晚饭樱子给他买了鸡蛋灌饼，苏文亮没心没肺地吃得很香。樱子说，亮子，学校报案把你抓进监狱咋办？苏文亮嚼着大饼说，脑袋掉了碗大的疤呗！

苏文亮被勒令退学了，他骑着车子，驮着被褥卷，脑子一片空白向家的方向走，他想象不出自己以后的生活是什么样子，他清楚老爸的如意算盘落空了，他将要告别学生时代了，可能会继父亲之后成为一个二道贩子，也可能沦落成为地痞小混混。

他就这样想着想着感觉后背砰的一声重击，他硕大的身躯像只笨鸭子，飞起来重重地向沟底落下，然后他失去了知觉。

当苏文亮头脑清醒时，首先看到的是樱子，再是打着石膏绷带的右腿和两只胳膊。

樱子说，一辆货车把他撞了，那个司机跑了。

苏文亮问樱子谁救了他，樱子说打死你也不信，是政教处老齐,他回家正遇见,叫救护车通知家里人都是他,没他你小命就完了。

樱子还说,老齐正和她妈谈对象,老齐经常帮她,她不乐意,那天就是想埋汰老齐一下。

苏文亮眼里湿润了,他张了张嘴,想说樱子你真可以,他稍微动了动脑袋,哽咽着对一旁的父亲说,爸,我想上学。

追悔莫及

爱情?苏文亮又摸了摸浑圆的大脑袋,不知怎么回答……

苏文亮就职于一家软件开发公司,正负责研发一项网络游戏,这个游戏特点是,玩家在每次失败后可以重新来过,且经验值和生命值不变。这是公司老总首次交给苏文亮研发的项目,所以苏文亮可谓呕心沥血,废寝忘食。

苏文亮连续熬了两个通宵,沏了杯咖啡,倚在转椅上闭上眼睛休息。这时桌上电话响了起来,苏文亮拿起电话,就传来同学小八的公鸭嗓子声:"苏同学,你可急死我了,打你手机总是关机,好不容易找到你的公司电话,你忙什么?"

倔强的青春

苏文亮边接电话，边掏出手机，才发现手机已经自动关机了。他从抽屉里拽出充电器插好电源。

小八继续嚷嚷着："今天下午，樱子和老六的婚礼在翠微酒店三楼大厅举行，你收到请柬了吗？"

苏文亮开始还是胡乱嗯着应着，可听到樱子和老六结婚的消息，就刹住了车。

他问："啥？结婚，他俩结婚？"

小八说："这有什么奇怪的，这不都是你的功劳吗？"

苏文亮有点清醒了：结婚，樱子和老六结婚？我的功劳？

苏文亮和樱子以及老六自打初中就是同学，然后高中、大学始终在一起，三个人的关系亲密无间。苏文亮和老六无时无刻地关心呵护着樱子。直到上了大学，老六，那是个不笑不说话的小子。苏文亮知道老六喜欢上樱子了，有时老六就游说苏文亮从中给美言几句，憨厚仁义的苏文亮也想成人之美，时不时在樱子面前，对老六万般吹嘘，可樱子就是不理会，搞得苏文亮倒是丈二和尚摸不着头脑。

记得那次苏文亮生日，场面搞得相当隆重，同学们欢聚一堂，兴高采烈。樱子坐在苏文亮身边，苏同学的左首是老六，樱子那天打扮得很灿烂很悦目，亲自为苏文亮定做的蛋糕显得格外耀眼，双层蛋糕上雕琢着一个翠绿的西瓜，栩栩如生，这对食物摄取量相当高的苏文亮来说，那就是极大的诱惑。苏文亮是最喜欢吃瓜的，

第三辑　流光溢彩

每当夏季西瓜上市的节气,苏文亮总是操一把明晃晃的片刀,在小方桌上铺一层报纸,将在凉水里浸好的西瓜,放置桌上。然后苏同学大刀向西瓜砍去,先是咔嚓咔嚓分解,后是稀里呼噜地狼吞虎咽。

樱子那天多喝了点红酒,脸上泛着红晕,别有一番味道。苏同学心无旁骛,望着那个奶油西瓜就想吃,可樱子不准,说,你的生日只有你自己能吃,樱子的表现使老六很不自在,小八的眼光也叽里咕噜地转悠,苏同学就腼腆地同意,那个生日蛋糕就拎回了家。

在大学毕业典礼的前夜,樱子问苏文亮有什么打算,苏同学踌躇满志,说,我应以事业为重,事业才是我的大追求。

那爱情呢?

爱情?苏文亮又摸了摸浑圆的大脑袋,不知怎么回答。

苏文亮应聘了软件公司后,樱子和老六同时进了一家合资公司,苏文亮知道老六还在继续追着樱子,但这一点并不影响苏文亮的友谊,他依旧和樱子聊天打电话,或去找老六和樱子看电影、吃饭、喝茶、游泳,三人依旧是形影不离。

苏文亮真的没弄清他们结婚和自己有多大关系。

他迟疑了许久给老六打了个电话。

老六,我是亮子。

亮子呀!我和樱子正照婚纱照呢,以后聊吧!然后

倔强的青春

电话挂了。

苏文亮怔怔地拿着电话发着愣，感觉到一种失落，因为六子没有像以前一样说，过来吧！我们仨是铁三角，没你就会产生倾斜。

苏文亮蔫了。他仿佛看到六子和樱子手挽手地缓步于红毯之上，樱子的手不可能再挽着他粗犷的臂膀而是依偎着老六。

他仿佛看到他自己孤单地在登山在喝酒在吃西瓜在过生日……

想起生日，他想起了那个翠绿奶油西瓜，苏文亮那次没有切开，而是囫囵吞枣般的吃进肚子时，明显感到有个团状的东西噎了下喉咙。

他永远不知道，那奶油纸里面，樱子写着三个字"我爱你"。

苏文亮呆呆地坐到了下午，坐到了晚上，直坐到老板打进来电话问他软件开发如何。苏同学机械似的回答，已经搞定。

老总说，好小子，真有你的，名称也由你来起！

苏文亮眨了眨僵硬的眼睛，就叫追悔莫及吧！

第三辑　流光溢彩

浮躁的夏日

这有什么啊！这是文学么！能和冰心、老舍、鲁迅他们比吗？……

这是个烦躁的假日，苏文亮漫无目的地走在街上，人来车往中，感觉自己在骄阳下像个无助弱者。

这个生活没丁点色彩。苏文亮在心里自言自语。脚下碰到一只已经干瘪的易拉罐，他用脚趟了下，当啷一声，轻金属响声感觉还很悦耳，他又向前轻踢了一脚，易拉罐向前翻滚。

苏文亮脸上泛起了一丝可爱，紧跟着如踢足球似的，把个易拉罐当啷当啷踢出了十几米远。苏文亮兴味盎然，抬头看到路边有一家功夫武馆。

苏文亮背着手迈步走进去，一个教练问他想不想学习功夫，让他变成金刚一样的男人。苏文亮眨了眨眼说，想，非常非常想。那个教练让他到报名处签字登个记，苏文亮拿着签字笔写下苏文亮的名字时，感觉没写好。人家王主任签字多漂亮，尤其同意俩字，那才叫龙飞凤舞，苏文亮心里耻笑自己。领到了一身功夫服，教练问苏文亮以前练过功夫没有，苏文亮点了点头又摇了摇头。教练说不出十天半月你就可以成为单掌开碑、油锤灌顶

倔强的青春

的武林高手，搞定三四个人是小儿科。

苏文亮长这么大没搞定过谁，从上幼儿园起总让别人搞定着。苏文亮半信半疑地点着头，教练指着个大沙包，说每天用手掌劈两万下你就会成功。苏文亮开始劈，嘿嘿的！一、二、三……心里数着数。

苏文亮想自己应该可以成为高手。应该可以搞定别人，最好有机会搞定总给自己穿小鞋的王主任，想到这里胸膛里火热热的，手掌麻酥酥的疼也忍了。

苏文亮的手越劈越低，肩膀发酸，身体发僵，究竟是劈到一万几了，或者超过两万也记不太清了。苏文亮便躺在武馆的功夫垫上，看屋顶的吊扇刷刷地旋转，让他想到了直升机的螺旋桨，寻思是美军的军用直升机厉害还是中国的军用直升机厉害，中国怎么不和美国大鼻子干一仗，搞定美国鬼子呢？苏文亮闭上眼让自己脑子休息。

这样安静了几分钟，苏文亮听到有人在议论什么，苏文亮睁开眼看到有几个师弟拿着本厚厚的书在看，他站起来走过去，看到封面作者是个姓韩的小子，这个名字苏文亮不陌生，在网络上电视上都看到过，很有影响力。苏文亮不喜欢看这类书，心里万分的不服气，

这有什么啊？这是文学么？能和冰心、老舍、鲁迅他们比吗？看着那几个围着书看的毛头小伙们，苏文亮心底叹了口气，唉！颓废的一代。苏文亮心里想着就脱了功夫衫，换上旅游鞋，走了出去，拐了几个路口走进

第三辑　流光溢彩

了新华书店。

在文学小说展台，用口袋里的二百元钱买了N本书，谁谁的散文集，谁谁的小说集。苏文亮就抱着这一摞书向家走，背后的夕阳照着自己抱书的影子，像巨无霸卡通。

苏文亮在中学时期曾一度对文学痴迷过，给报刊投过一次次稿件，直到一次次杳无音讯，直到把苏文亮的文学热情消失殆尽。苏文亮还记得在上初中时给学习班长黄艳艳写过一首情诗，后来直接用纸条的形式递给她，虽然没起半点效果，但苏文亮觉得那是自己的得意之作，那首诗的第一句是什么鲜花开在校园。

苏文亮走神的同时，马路上的行人已经被他忽视掉，身体就硬邦邦地撞到前面一个穿牛仔裤的人身上，书摔落一地。你没长眼呀？牛仔裤非常牛逼地骂他。苏文亮不想惹事，俯下身去捡地上的书，牛仔裤还是不放过，用脚把书踢得更远，苏文亮手刚伸过去，牛仔裤把那本书又踢出几米，嘴里发出怪笑，周围好多人看着苏文亮，苏文亮望着前面的书就想到那个易拉罐，这书却没有轻金属的声音，却也被践踏得扭曲。

苏文亮异常愤怒，蹭地跳了起来，伸出一掌就劈在了牛仔裤的鼻子上，牛仔裤倒退了几步，苏文亮紧接着又劈了一掌，仍然击打的脸部，牛仔裤"扑通"一下子就倒在地上，嘴里和鼻腔里涌出大量的血。

苏文亮高举起手掌，阳光下视线变得模糊起来，那

倔强的青春

片红红的物质像朵正在盛开的花,并开始慢慢地放大。他猛然想起那首诗第一句应该是:美丽的鲜花开在青青的校园……

寻找幸福

最卑微的生命,也向往幸福。

我还是开诚布公地对大家说,我是一只老鼠,我不想在结尾处搞什么噱头。

我很平凡,我出生在黄土地的乡下,和鼠爸鼠妈鼠弟鼠姐妹过着清贫简单的生活。我生得美丽,这是我唯一的资本。

那天小耗从城市里回来,除了捎来了许许多多美食之外,也带给我无限的憧憬。从他的嘴里他的眼睛里让我感觉城市就是眼前那块甜蜜的大奶酪。

小耗返城的时候,我也和鼠爸鼠妈告别。我背了干瘪的行囊和一个寻找幸福的梦想,和小耗来到了水泥钢筋的城市。

走进了这个僵硬的地方我才发现,小耗嘴里飞扬的话并不全是真实的,幸福在哪里?梦想在哪里?活着都是件艰难的事情,为了填饱自己的肚子,我们栖息在工棚下,露宿在街头,四处游走和打拼,还要时时警惕野

第三辑　流光溢彩

猫的袭击。

那次我和小耗走散了，我疲倦地依靠在一棵梧桐树下，仰望天上簇簇的繁星。月亮偷偷地从云朵里露出来，圆圆的像妈妈的脸，我的眼角滑下一滴泪花，我真的好想家，好想妈妈。

树枝上传来吱吱的讥笑声，是几只蝙蝠在荡秋千，蝙蝠说，小老鼠、小老鼠，你真笨。

莫名其妙，我怎么笨了？

你不懂生活规则。

我不懂生活的规则，难道你懂吗？

我懂呀！为什么我能飞得高望得远，因为我懂适者生存，你看我现在多自在呀！蝙蝠们嘲讽地嬉笑着。

我不懂生存的规则？我无语，陷入了沉思。

我又走进了那光怪陆离的城市，这次我不再偷偷摸摸的，我要生存，生存。

我径直走进猫先生的室内，那个猫先生对我垂涎许久了。他诧异的眼神中，还流露出一丝得意的笑。我被猫先生俘虏了，不，猫先生被我俘虏了，我从他的大床上走下来的时候，我就不是一只老鼠了，我是城市中的人了，是被五颜六色的华丽包裹着的时尚女郎，我走着猫步学着猫咪一样的语言，我活得多精彩。

猫先生常常带着我出席宴会招待会，我和他挽着手臂款款地走在红毯上，走在人们的视线里，没有人再轻视我，我现在不是一只猥琐的动物，我的名字叫麦瑞。

倔强的青春

麦瑞开着一辆银灰色宝马，前面的红灯亮着，让麦瑞很不耐烦，她要去参加一个酒会，是位高级要员钦点的她。麦瑞看了看窗外的马路上，小耗正和几个人在车流中奔走穿梭，这时绿灯亮了，车流滚动着前进，她看到小耗扬手，把一张小广告纸片贴在另一辆车窗上。

麦瑞的车子继续前行，停在了宾利大厦，上了16层802房间，敲门进来，猫先生正和一个脸上有雀斑的中年人兴奋地交谈着，麦瑞坐下，寒暄了几句，猫先生主动退了出来。麦瑞向那个中年人笑了笑，站起身开始解衣服。

麦瑞有了自己的豪宅、泳池、桑拿房、健身房，设施齐全，麦瑞活明白了，生活就是享受，就是虚荣，就是交易。

雀斑男人的应酬比较多，开会、剪彩、讲话、视察等，总是找机会和麦瑞过夜。这期间麦瑞评了啥啥影后，啥啥形象大使。有雀斑男人做后台，麦瑞的生活如鱼得水。

寒风料峭的冬天来了，麦瑞一个人在温室里蛰伏，好一段时间雀斑男人都没来，麦瑞不是多想他，但是有些纳闷，还是拨了他末尾为88888号的手机，手机出现嘟嘟的忙音。麦瑞更加意外，因为从没如此过。她正思考着，手机响了。

是猫先生打来的，声音很紧张急促。

雀斑被双规了。说完，电话里有警车呼啸的声音，手机挂断了。

第三辑　流光溢彩

双规是什么？麦瑞正在思索着，听见外边咚咚的敲门声。麦瑞透过窗纱看去，有好多警察，还有穿西装的人站在门外，麦瑞恐惧起来，身体瑟瑟抖动蜷缩成一团。

我逃出了别墅，躲在栅栏的角落里，看那些人们把别墅里价值不菲的物品一件件地向车上装。我知道一切都结束了，我又成了一只老鼠，流浪在街头，又开始鼠一般的生活。

夜深了，我倚在梧桐桐树下，

一只猫从楼道通风孔里跑出去，漫无目的地逃窜。街上驶过一辆卡车，车上铁笼子里关着一条长满雀斑的狗，它仰着脖子，绝望地呜咽着。

天上的月亮升起来，像妈妈在对我微笑。我忽然好想家，好想妈妈。

江　南

她曾在门前问他，《江南驿》？我们人生的驿站到了……

他不知道睡了多久才清醒过来。他下了床，孤零零地保持着一种立定姿态。不知是从破碎的玻璃窗外吹进来的一阵风，还是屋中空荡荡的清冷让他的脑子陡然空灵。

倔强的青春

他侧头沉思，是在追忆或是怀念？

就这样一动不动，过了十分钟或者更长些时间，他怅然地走到窗前，看那街上的柳絮漫天飘舞，柳枝在风中婆娑摇摆。再向远处眺望，冰消如镜的宁清湖里有几只水鸟在嬉戏。

"竹外桃花三两枝，春江水暖鸭先知。"他顺口吟诵出来，显得有点漫不经心。

这是过了多少年了，他的目光漂到支离破碎的日历上，黑色的醒目数字，如谁的双瞳注视着自己，他仿佛记起了什么。

他坐上了南下的火车，4——215次，当年也是这列车次的。他穿越了七八节车厢，他猜想那个位置是不是还空等他的来临，他没有费多少时间就找到了那个座位，遗憾的是，一位民工坐在他需要坐的位置上，对面座位坐着一位慈祥的老妇，她微闭双目，或者是沉思养神，抑或是休息。他站在过道中间，不由自主地端详了一下这两个人。那民工谨慎地将身体向上提了提，白了他一眼，右手紧紧捂了捂腰间隆起的位置。他的脸一红，轻扭了下脖颈。那老妇人依旧保持安静无他的神态，他脑海里展开了诗人的想象，如果她老了会不会如此安详？他想着想着就觉得妇人的鼻子睫毛，以及神情，真还有些她的风韵。

火车不紧不慢，一程一程，驶向南方。他终于找了个位置坐了下来，透过车窗去看浸染着春色的风景，丘

第三辑　流光溢彩

陵，山峦，江流……，他又似乎没有去看，他的心思早如这奔跑的列车，一路奔回那记忆中的六年前。

到了那个小城，那个烟花三月的小城，当年他背着肩包走下站台的时候，他的右手还拉着她的粉色行李箱。那年他是挥斥方遒的诗人，紧随的她是刚刚在火车上邂逅的丹青妙手。

他们都是来看江南的，春光诱人的江南，春风熏醉的江南，春雨迷蒙的江南。

他们先是来到了小城颇有名气的凤凰茶楼，那个临窗的位置，那个阁壁上雕满诗词的位置，他和她先是要了杯当地著名的子叶茶，俩人相对而坐，只是注视，他胸中静得比茶杯里的水还清静，像楼下那个莫名湖，蓝。他想，面前的她，淡得优雅，美得纯净，与楼外那清澈的湖水，倒挂的杨柳，柔和的清风，远处隐约可见的山峰，组成一幅充满诗意的江南风景画！

此刻他依旧要了好茶，静坐在这里，他想让心回到记忆的从前，可是他总是无法沉静。他低下头去，俯瞰窗外那清澈依稀的莫名湖，湖面碧波微荡，堤岸桃李芳菲。他的眼睛模糊起来，不用我说，他自然想起来那首崔护的《题都城南庄》：

去年今日此门中，人面桃花相映红……

后面两句，已经让他心生哽咽。

他不知道她现在何方，是幸福，是快乐？或像他一样颓废潦倒困苦无奈？

177

倔强的青春

他看着对面空荡荡的座位，坐了许久。依旧点了和她一起吃过的菜肴，一盘东坡豆腐，一盘清蒸鲢鱼，一壶当地清酒。他刻意多要了一副竹筷，一套碗碟。他不觉拿起筷子，为对面空碟上夹了少许，他说，他在心底说，我来了。

他走在湿漉漉的青砖路上，这是个幽静的古巷，深得幽暗，他走得有些随意和踉跄，无须路人的指引，他径直到了那家客店门前。六年了，江南仍然是那个江南，《江南驿》仍然是那个《江南驿》。

她曾在门前问他，《江南驿》？我们人生的驿站到了。

是的，他和她当年只是这个驿站的匆匆过客。

我想住262房间？他是来追忆的，不是来做旅客的，所以他必须要那个充满记忆的房间。

前台说，有人住了，换个别的吧！

不，我可以等。他的浪漫情怀使他倔强。

他只顾埋在回想之中，却没有听到，前台小妹轻声细语说，来262的客人可真怪。他等了会儿，前台说，那位客人来电话，不回了，您可以入住了。

他走进262房间，先是到卫生间里，刮了刮脸，他想让自己回到那个意气风发的状态。在这个房间，在这个独特的日子，他不愿意让冥冥中的她再次失望。

他躺在床上，然后坐起，又躺下，坐起，重复了许多次。

那晚他是想拥有她的，只要他要求，她一定会的，可他又改变主意了,他觉得她美得楚楚动人,纯洁如处子,他那时已经结婚了。

她依偎在他怀里时说,不要回了,在一起吧,就在这里,生根发芽。

他强抑制着澎湃的心,他退却了。他不仅有婚姻,更有事业。他知道多么让她伤心。今天他一无所有地回到这里,如果她知道,会不会也有当年的惆怅。

他想她,想她,想她的一切让他能够想起的,分别后他曾强忍着自己不去回忆,可是他无法拒绝春天,无法拒绝江南的那个春天。

那年后不久他的生意因金融风暴而亏得血本无归,家庭也因妻的背弃而土崩瓦解,他无路可走,他选择了买醉,这一醉,就是六年。

如果六年的时间里有她在身边是不是会好些。

会好些吗?

他回答自己肯定的。

这样想着想着,终是无所适从。他不知道自己该不该来这里,明天该不该离开,告别这里自己的心又能停靠到哪里?

他想起那年的第二天清晨,她已经踪影不见,她给他留了一份画,是窗外美丽的江南,他醒来的时候,只见那幅画轻铺在茶几上。可今天……

他下意识地去寻那个茶几,茶几样式已经换了,可在那茶几之上,居然真的铺着一张宣纸。他带着疑惑走

倔强的青春

过去，不是一幅画，而是用行书挥就的一首诗：

　　江南好，

　　风景旧曾谙。

　　日出江花红胜火，

　　春来江水绿如蓝，

　　能不忆江南？

　　他的泪水夺眶而出，她叫若兰，他就叫江南。

朋　友

千里难寻是朋友，朋友多了路好走，以诚相待心诚则灵……

　　我早晨接到吉他六的电话，他通知我老蔡来了。我和老蔡是高中同学，又是相当要好的朋友。见到老蔡，感觉他明显比去年憔悴了，老蔡看到我俩二话没说眼圈就红了。

　　我问孩子现在病情怎样，老蔡说这一段很稳定，院方正在联系上海专科医院。老蔡的儿子得了白血病，这种病折腾的是大人和钱，两年下来就把老蔡的家底弄了个精光。

　　吉他六将我拉到一边小声说，老蔡还缺不少银子，咱俩商量一下，是不是让同学们给凑点钱，

第三辑　流光溢彩

我寻思了会儿说，我在网上发个江湖救急，看有什么效果，个别要好的同学你去通知。

吉他六说行。

饭桌上老蔡说话略带些疲倦，他咳嗽了下说，我是真的不想麻烦大家，可现在也是没有办法了，我这次回老家，就是把老家的房卖出去。

一旁的吉他六突然拍了下桌子，把我和老蔡吓了一跳，吉他六有点眉飞色舞，对了呀！孩子这病可以去找老八去，老八在首都医院是专家呀！

我用眼使劲瞪吉他六，在桌子底下踢了他几脚，吉他六才回过神来，我们明显看到老蔡的眼神也有些不对劲。

老八上学时候在我们宿舍里年龄最小，这些年大家一直称呼他老八。高考时候班里分了一个三好学生的指标，本来是应该老八得的，老蔡在后边来了个暗度陈仓，将老八指标给占了，后来老八知道了和老蔡打了个不亦乐乎，直到现在俩人都不通气。别说让他帮忙了，让他知道了不幸灾乐祸才怪。

我回到家在同学论坛里发了个为老蔡募捐的帖子。然后就寻思，真的要是老八伸出援手，那可比我们这些乌合之众起作用，通知他还是不通知？我自己在床上翻来覆去地想。最后，我咬了咬牙，坚定了自己的信念，掏出手机就拨了老八的电话。老八说，老大，有啥事这么晚打来？

倔强的青春

我抬头看了看表，已经是深夜了。

我说，对不住，老八，有件事想和你说，咱们同学老蔡的儿子得了败血病……

我还要想说下去，电话那头的老八一听"老蔡"俩字变得非常敏感，用不客气的语调对我说，有事明天再说吧！哗啦，电话就挂掉了。

我拿着手机心里不是滋味，心说老八这个小肚鸡肠的混蛋，明天再说，明天才不和你说呢。

我的帖子发出几天后，就陆续收到了各地同学的捐款，共计七万多块。我将这件大快人心的好事告诉给老蔡，并说已经把钱汇到他的银行卡里了，老蔡在电话里也是无比激动。告诉我孩子已经顺利转到上海专科医院治疗，上海方面还减免许多费用，全国知名的几位专家都来会诊了。孩子现在正处于康复阶段。听到这些我真为老蔡高兴。

国庆节，老蔡带着孩子回来了，孩子的脸上红扑扑的，已经与正常人无异。为了同学们多年友情，也为了老蔡的儿子完全康复，我将天南地北的同学聚到了一起。

老蔡站到饭店大厅中央，眼噙泪水，对同学们说，我代表我的家人，给大家鞠个躬，我真的万分地感谢大家，没有大家给我这么多的支持帮助，真的不知道会怎样。

老蔡说，还有件事我要说一下，我要感谢一名同学，他为我做了很多，付出很多。

第三辑　流光溢彩

我以为老蔡说我，心里有些不好意思。

这时老八风尘仆仆地走进来，老蔡过去和老八拥抱在一起。然后老蔡说，大家都知道，在上学时候，我有些事情做得对不住老八，没想到在我有难之时，是老八帮我联系医院，亲自到上海联系专家会诊。不计前嫌地帮助我，让我真的想不到，我真的很感动，我要对老八说声谢谢！

说完老蔡就给老八鞠躬。老八一把扶住他，哥呀，咱是同学是朋友呀！上学的时候年轻不懂事，俗话说得好，一方有难八方支援，为了汶川为了玉树我们都会献上一颗爱心，更不用说曾经的同学呢！

吉他六这时候抱着六弦琴颠颠地过来了，同学们，咱们合唱一首《永远是朋友》怎么样？

大家一起雀跃欢呼。

吉他六弹响吉他，我们双手拍打着节奏，

千里难寻是朋友，朋友多了路好走。以诚相见，心诚则灵，让我们从此是朋友。结识新朋友，不忘老朋友，多少新朋友，变成老朋友……

歌声传得很远很远，惊得地上一群鸽子扑棱棱地飞上了蓝天。

倔强的青春

哈利波特的魔法石

拥有魔法石该有多么美好。

我叫苏文亮,平舒市某一中高一(三)班学生。为什么是说某一中,因为我是个极其低调的人,我不想让人们注意我。"我们做人低调"这句话是哪位贤明说的我也忘记了,但这句话在脑子里却记得相当牢。

还有一句是"做人不要太显摆"这句话是我好朋友丁丁说的,丁丁是我的同桌,他的学习和我一样,非常稳定。全校排名中游,我们是好兄弟好伙伴,我当然也是中游。我希望他在任何模拟考试、月考、季考中,不要拉稀或者感冒发烧。因为他稍有闪失,我的排名就会孤立无援,沉到谷底。

2月8日　星期五　气温5—16度　晴

丁丁这几天总麻烦我,他说,亮亮,小辫子团支书过来了,问咱俩入团不?

我说不入。我回答他的时候,我正在课桌上聚精会神地读哈利波特之魔法石。哈利波特多神奇,尤其他的魔法石,我的天。

我要考全校第一,刷拉,魔法石让我实现了。

我要做最帅的男人,唰啦,我脸上青春痘不见了。

我将来要考上211工程学校，唰啦，高考我各课满分。

我……

丁丁真讨厌，我只得从陶醉中转回来。我说，入那个有什么用？做人要低调，入团和考211学校没多大联系。

丁丁一脸的疑惑，带着审视的目光望着我，但是班里人都入了，就剩咱俩了。

我嘿嘿地一笑。伸出手掌在他的肩膀拍了拍，一腔感慨，说明我们木秀于林呀！

2月17日　星期五　气温5—16度　晴

小辫子团支书下了午自习找到我，亮亮，你和丁丁考虑得怎么样？入团申请写了吗？下个星期我们团员要为贫困生黄壮壮同学搞募捐了，他母亲白血病，常年透析治疗，学校团委欢迎你和丁丁同学加入团组织。

我心里非常不爽，怎么，我们要不写申请书，还不让我们参加了，那好，我们就不写，我们就不参加。

这些话我没有说出来，我只冷冰冰地回敬了她一眼，我说，小辫子同学，做人不要显摆，我如果有块哈利波特的魔法石，我会让你的秀发更出众的。

小辫子团支书对我的答非所问非常厌恶，"哼"了一声走开了。

我对一旁的丁丁眨了下眼睛，心里感到十分的满足。

2月19日　星期日　晴　风力2—3级

我正在网上分享哈利波特电影的时候，丁丁撞进门

倔强的青春

来，亮亮，小辫子组织同学们去壮壮家了。

我一边注视着显示屏，漫不经心地问，他们干什么去？

把募捐的一千八百块钱，送给壮壮的妈呀，壮壮的妈下个礼拜要做透析了。

我转过身子，嗯，她们团委能帮助壮壮，我们两个也能，我们不和她们掺和不更好吗？

丁丁点着头，认为我说得极其有道理。

我说，丁丁，咱俩也搞一次募捐，攒够八百块钱送给黄壮壮。我说着去翻口袋，翻出我老爸给我的五十块钱。

这个星期我准备节食，省出五十给壮壮，丁丁你呢？

丁丁表情特勉强。丁丁是个瘦子，他是极其需要摄取食物热量来补充自己，他扎开双手，就算是回答我了。

我沉思了会儿，我说现在我们要自力更生，艰苦奋斗，哪怕去捡破烂也要为了帮助壮壮献上我们的绵薄之力。

我关上门和丁丁走到街上，我想，如果有块哈利波特的魔法石该有多好！

2月21日　星期三　阴转多云　无风

我和丁丁现在俨然变成了两位拾荒者，我们走在任何地方，眼睛都要不停地四处寻找，任何能转换成人民币的东西我们都不错过。我表姐是开家电的，我和丁丁承包一切废旧包装箱的回收工作，没几天我们手里已经攒到了三百元，当然包括我那五十元伙食费。

三百，丁丁说，我们还差好多。

你要看到希望。我一个劲地给丁丁鼓劲。我们要让小辫子他们看看，我们没有参加团组织，一样能够助人为乐。

丁丁说，我物理作业还没写呢，这些天功课都有些荒废，这次月考又要退步了。其实丁丁语气非常沮丧，我其实也是这个状况。但现在我们不能向小辫子她们屈服。屈服就是认输。哈利波特每当遇到困难，奇迹就会出现，坚持，坚持就是胜利。

丁丁听着我的话一脸茫然，他抬起一脚，一块小石头滚到了十几米外，我望过去，那只不过是一粒嶙峋坚硬的石头。

2月22日　星期四　多云气温　6—17度

壮壮下课后弱弱地将我叫到一旁，亮亮，我知道你想帮助我，我心里挺感谢你的，但你和丁丁这么干，会耽误学习的。这次月考你俩倒退了不少，我非常过意不去。

我耸耸肩，壮壮，我们是亲同学好朋友，小辫子她们能帮你，我和丁丁一样能。

壮壮还想劝说我。

我举手示意他打住，我说，壮壮，我要做哈利波特。

壮壮摸着后脑勺走了，他一定非常的困惑。哈利波特和他有什么关联。

倔强的青春

2月24日　星期六　多云转雨　风力5级

丁丁遭遇意外的那天，我正在表姐的家电商场守株待兔，天气不好，买家电的顾客也鲜有惠顾，我坐在沙发上狂读哈利波特。

霍格沃茨魔法学校校长、魔法师邓布利说，有了魔法石，不论你想要拥有多少财富，获得多长寿命，都可以如愿以偿！

我正在沉湎于虚幻的幻想之时，小辫子浑身湿淋淋地跑了进来，苏文亮，你还在看，丁丁出事了。

我的头"嗡"的一声，书掉落在地上。

丁丁头上缠着绷带躺在病床上，好多同学簇拥着他。丁丁看到我，说，亮亮，我们的目标看来只能靠你来完成了。

我泪如雨下。

丁丁在家中欣赏雨中即景的时候，看到马路上一辆货车掉了十几公斤重的旧塑料袋。丁丁为了急于完成我们的既定目标，急不可耐地跑了下去，只顾捡东西了，一辆摩托车飞驰而来，直接冲过来把丁丁给撞飞了。还好是辆摩托，若是汽车，丁丁现在已经成为我们缅怀的人了。

我拉住丁丁的手说，丁丁，对不起。

黄壮壮从旁边挤过来，双手紧紧握住我俩的手，哭出声来。

丁丁挺了挺身子，让同学把他的书包拿过来，从里

第三辑　流光溢彩

面掏了又掏，是一张入团申请书，他艰难地递给小辫子，团支书，我志愿加入中国共产主义共青团。

3月12日　星期三　晴　风力2—3级　气温7—19度

第一节课间小辫子团支书又走到我跟前，亮亮，你月考考得不错。

我问，你大驾光临有何贵干？

今天是植树节，学校十点下课后组织团员去参加义务劳动，你参不参加？

我有些难为情，我不是团员呀！

可你是拥有魔法石的哈利波特。一旁同学揶揄说。

我的脸腾地红了。

正在这时，丁丁被黄壮壮用轮椅推着进了教室。丁丁说，亮亮，加入团组织吧？大家都欢迎你。

我脸上发烫，小丑地从课桌里拿出早已写好的入团申请书，字写满了整张纸，我对小辫子团支书说，请团组织考验我。

团旗飘扬，队伍整齐地走在乡间小路上。我推着哼着歌曲开心得不得了的丁丁。丁丁忽然止住歌声，问我，亮亮，你说世上真有哈利波特里的魔法石吗？

曾经好多人都这样问过我，包括现在。

我想告诉丁丁，那块充满梦幻的魔法石真的存在。可是我想了又想，还是先不要告诉他了吧！

一枝花

尤子对尤老爹说：爹，留下东哥吧？和我是个伴……

九月九日晚，山东民族乐团首次赴台湾基隆市公演。演员一曲唢呐独奏表演完，台下掌声雷动。演员回到后台长出一口气，对刚才的演奏表示满意。

这时团长向他摆手，将他招呼到另一个房间内，房间里坐着一位老人。

团长说这个老人要见你。

"见我？"演员有些意外。

老人倾了倾身体，让人将轮椅向演员前面推了推。那老人说："孩子，你再吹一遍《一枝花》。"演员征求团长的意见，团长点了点头。

演员再一次吹奏起那曲《一枝花》。当乐曲由悲伤转到欢快这一节时，那位老人激动不已："年轻人，我问你，你这《一枝花》师从何处呀？"

演员放下唢呐回答："我是和山东一位老艺人学的，他叫尤荣。"

那老人嘴里念着"尤荣，尤荣，"然后猛然一拍轮椅，"尤子，真的是尤子。"老人这么一喊，让所有人都莫名其妙。

第三辑　流光溢彩

老人抑制住悲伤，断断续续地向大家述说起难以忘怀的往事。

那是1947年冬天的一个清早，尤家镇上尤记油铺尤掌柜16岁的儿子尤子打开店铺门，门刚拉开，一个人骨碌一下倒进门内，尤子吓得头皮发麻跳起老高。

他跑回屋里将尤老爹喊出来，父子俩七手八脚地把这人抬进了屋内。尤老爹略通医术，把了把脉，然后招呼老伴去烧炕做饭。

火炕点起来，屋里暖和许多。少年渐渐苏醒，尤大妈端来热乎乎的面汤，一口口喂进这人嘴里，这个人脸色渐渐红润起来，是个十几岁的孩子，挣扎着爬起来就给尤老爹磕头，尤老爹扶住少年让他好好休息。

尤子始终陪在少年左右，少年名叫东哥，在青云观做小道士。因时下兵荒马乱，青云观里的道士都跑了，东哥年小，只能以乞讨为生，流落到尤家镇。几天来水米未进，又赶上地冻天寒，连饿带冻昏睡在尤家门前。

尤子对尤老爹说："爹，留下东哥吧？和我做个伴。"

尤老爹抽了口旱烟说："这年头，多个人多张嘴，和你娘说说。"

尤子跑到母亲那说："娘，留下东哥吧！"

东哥就这样留在了尤家，和尤子一起忙上忙下，东哥不仅干活勤快，人也懂事。让尤老爹一家很欢喜。东哥做道士时精通吹唢呐，每到晚上，尤家镇就传出东哥清脆悦耳的唢呐声。

倔强的青春

每次东哥吹唢呐时，尤子就守在他身边，东哥就指点尤子这个曲牌叫什么，这个曲子的指法吐气怎么用，小哥俩闲来就吹上几曲。尤其那曲《一枝花》，哥俩加进了部分哀喜简洁的变奏，让曲子更明快更动听。

东哥和尤子的唢呐，在三乡五里渐渐地有了名气，谁家有婚丧嫁娶的都请俩人过去，热闹一番。逢上大户人家就给几个铜子，没钱就管顿饭，两个孩子也给尤家减轻了不少负担。

转眼到了1949年的秋天，尤老爹从外镇赶集回来，对两个孩子和老伴说，现在战事很乱，我看到镇上国民党抓壮丁了，尤子和东哥你们俩少出门。尤子和东哥点了点头。

早晨保长进了尤家老店，进屋去找尤老爹，两个人低声私语了好久，保长走后，尤老爹一个人闷闷地吸着烟，老伴进屋问尤老爹是不是又让摊人丁税？

"保长说现在没人愿意顶只能出人。"

"这咋办？"

尤老爹唉声叹气，老伴陪着掉了一晚上泪。

东哥早晨醒来，收拾完油坊就向外走。尤子问东哥干啥去。

东哥说去茅厕，出门却奔了保长家。

从保长家回来后，东哥走进了尤老爹的屋子，进门就跪了下去："老爹，我刚才去了保长家了，知道咋回事了，让俺去补丁吧？"

第三辑　流光溢彩

"啥？"尤老爹吓了一跳。

"是，俺去当丁，保长说了这次不要钱就要人，没有你们一家也没有俺东哥的命，俺去补尤子的丁。"

尤大娘抱着东哥喊你这傻孩子，那是去送命呀！怎么舍得你哟。

"大娘，俺比尤子长几岁，东奔西走的走惯了，就让俺去吧！"东哥趴到地上给尤老爹磕头，尤子也过来，拽起尤子一家人哭作一团。

军队进了尤家镇，家家户户的壮丁都到场院集合。尤子和东哥依依难舍，部队启程向南出发，东哥流着泪一步一回头。

尤子抄起唢呐跑到山头上，望着那远去的队伍，吹响了唢呐，随着《一枝花》的调门响起，漫山遍野一片悲声。

老人讲述完了，大家无不落泪。

东哥老人叹了口气："我随国民党败军到了台湾，天天想日日盼能回到尤家镇，能看到尤子，俺哥俩再吹上那么一曲呀！"

唢呐演员擦拭下湿润的眼睛，说："老前辈，老师身体很好！相信你们二老见面的时间不会太久，咱爷俩今天也算有缘，就合作一曲《一枝花》怎么样？"

"好！太好了！"老人也止悲为喜。

演员推着轮椅和老人走上舞台，东哥老人激动不已，张开沧桑的双手呼喊："尤子，老哥想念你呀。"

沂蒙山小调

这时远处那山崖上闪出了个秀美的身影，随即传来一清脆悦耳的歌声……

他是位资深音乐人，是本届青年歌手大赛的评委会主席。评委主席的一句话就能决定一名选手的成功或失败，也就是说他能主宰着一个人的人生。但他偏偏又是对艺术非常严谨的人。这也是大赛组委会为什么要聘请他担任评委会主席，足见大赛组委会对他的信赖和尊重。他还有个身份鲜为人知，是一名开国将军的儿子，典型的红二代。

刚从比赛现场回到家，今天几名参赛选手的表现非常一般，表情做作夸张，根本不能感动任何一位评委的。他真为当今社会浮夸的艺术风气感到悲观，但也无可奈何。

他在客厅里来回踱着步子，后来将目光停留在父母那张合影上。他思考事情的时候总是站在镜框前和相片中的父母展开对白，想起当年他考入艺术学院的第一天。作为老一辈的艺术家，他的母亲自有老一代人的看法，母亲不止一次地对他说，触动你灵魂的歌声，永远不在学校或是剧院。

第三辑 流光溢彩

触动灵魂的歌声在哪里？他始终不得其解，他忽然打算去一趟革命老区看一看。

青石屋是个风光优美的小山村。西、北、南三面环山，形成了一个"簸箕"状的山坳，村子就坐落在北面的山坡上，每个自然村有一二十户人家。小村依山傍势，错落有致，四面绿树成荫，山石林立，村前小桥流水，山路弯弯，极为隐蔽和幽静。当年八路军抗大一分校就坐落在这里，父亲当时任抗大校长，母亲是文化教员。

他是在县文化馆长的陪同下来到这里的。他再次看到了父亲的卧室，用过的办公桌，使用的手枪，这么些年保持得非常好。馆长说这全是那个叫"秀"的女人的功劳。

秀是谁？他挺疑惑。

晚上馆长把他安排在当地一位老乡家里，说单位还有事，开车便回去了。

老乡五十多岁了，脸上褶皱密麻麻的，写满了沧桑。这家女人很是热情地做着大麦饭，和他说着这个那个。

女人说，你是老校长的四儿子吗？

他点头，在家里他排行老四。

女人说，老校长对我们这里的老百姓那是真好，村里好多老人都听过老校长讲课呢。他仔细地听着，知道父母和这里的老百姓有很深的感情。

屋外又来了好多人，有抱着孩子的，有拄根拐杖的，他们都是为表达对父亲那份感恩和敬意来的。他心里倍

倔强的青春

增温暖，觉得这潮湿简陋的屋子也暖和了些。人们喧闹了一会儿，都散去了。

女人说，秀姐没来，按理说她该来的。

他想这个秀姐应该是馆长说的那个秀吧，问，秀姐是谁？

秀姐是你母亲带大的，我们年龄相仿。女人又说，秀姐有可能进山采药去了，丫头考上大学了，家里哪有钱供她呀！可是这孩子真是挺争气，说考上就考上了。

他听着心想山区的孩子能考上大学真是难得。

夜里掌灯的时候，那个秀姐来了，她蓬松着个头发，手里拎着个鼓囊囊的花布兜，进门就喊，老四兄弟来了？

他急忙站起来，说秀姐好，然后让她坐到炕上。

秀的头上包着花头巾，五十来岁的样子，秀推给他那个布包，里面是中草药，是山里的好东西，泡茶泡酒都行。

他推辞了好半天，秀说，老四兄弟看不上俺这山里人呀！

他只好收下。

秀又问了他哥姐的一些事情，停顿一会儿说，老四兄弟，有件事姐想求你，俺家的丫头考上音乐学院了，文化分过去了。过几天还要面试，听说面试没有关系会刷下来，姐听说你是大校长，能给丫头找找门路不？

他没有作声，眉头一锁，觉得山里人怎么也学会世俗了，他很反感艺术都染了人际关系和铜臭。

第三辑 流光溢彩

本来他是想说几句敷衍的话，可片刻说，孩子真的有才气和天分，会被录取的，有些事情靠关系并非管用。

他说完，明显看到了秀眼里露出尴尬和失望。秀又东拉西扯了几句就走了，他送到门口，返身回到炕上休息。

第二天他很早就醒了，老乡和他的女人正出门上山刨地。他就和这一家人上了崎岖的山路，转过了一个山坳，女人指着路旁一个坍塌的山洞说，老校长在洞里藏过身的。

他很惊奇，向里面张望，问女人，这样的山洞能藏几个人？

就老校长和你娘，对了，还有秀。

还有秀？他满脸疑惑。

女人说，你不知道？

他摇头。

女人说，那年日本进山扫荡，人们都上山转移，后来有汉奸告密，日本兵把老校长和秀的爹娘围在这山头上。

这个山洞只能藏两个人，秀她娘将怀里的秀塞到你娘手里，把他们推进了山洞用树枝隐藏好，然后两口子跑出去引开鬼子。秀她爹被鬼子开枪打死在坡下，秀她娘接着向远处跑。

女人用手一指前面有个山头，她娘跑到那个悬崖上，就被鬼子围上了，当时老人们都记得，秀她娘长得好看，

倔强的青春

唱起山歌来好听，她唱着那首沂蒙山的歌就跳下了悬崖。日本人走了后，你父母傍黑从山洞里出来，再找秀她娘的尸首，早让狼吃得只剩骨头架子。

他听完心里很震撼。

这时远处那山崖上闪出了个秀美的身影，随即传来一清脆悦耳的歌声：

人那个都说，沂蒙山好，沂蒙那个山上，好风光，青山那个绿水，多好看，风吹那个草地，见牛羊。

女人说，那是秀的女儿，人们都说和她的姥姥长得相像，每天站在那里练嗓子。

这首歌他听过无数次，可他相信这是他生命中听到的最美最动听的《沂蒙山小调》。

哦！他豁然醒悟，顿时就明白母亲那句富有哲理的话。

他迎着歌声走去。同时他在想，是先给艺术学院打个电话？还是先让这女孩去参赛？

向着东方

小战士端起卡宾枪，立正准备射击。只听"哎哟"一声……

这是个寂静的夜晚，如钩的弯月照在旷野上，远山

第三辑 流光溢彩

的背后忽闪着光，隐隐约约传来轰隆隆的枪炮声，一行人正无声地行走在月色中。这是支押送俘虏的队伍，走在最前面的是一个小个子国民党兵，年龄大概有十七八岁，他深一脚浅一脚地迈动着步子，嘴里却不停地小声嘀咕着什么，后面十几个人跟随着他。

解放军小战士手里端着一只卡宾枪走在队伍侧面，他沾满尘土的脸上泛着倦容，那双黑眼睛依然明亮。

战士是东野六纵教导旅五连的，战斗打响后，他所属连队穿插阻敌，在一个山坳和国民党兵相遇，只一次冲锋，就把对方打垮了。连长让他押送俘虏去集结地。小战士押着这十几个人已经走了三四个时辰，灰布军装让汗水洇透了，紧贴在身上。他抬头望了望前方，低喊了声原地休息。

俘虏们个个坐在原地上，有的干脆就躺了下来。小个子俘虏将单薄的身子依靠在一名大胡子兵身上，目光呆滞，自言自语着细声问，胡子，他这是要把我们带哪去呀？

带你回老家砍你的脑壳！没等大胡子回答，一旁的三角眼军官压低声音说。

大胡子瞥了军官一眼，粗糙的大手抚摸着小个子的头发，细伢子，莫怕！莫怕！

叫细伢子的小个子兵显得很恐惧，蜷缩在大胡子身上发出啜泣声。俘虏们都不言语，没人知道等待他们的会是什么，他们的目的地在哪里。那名小战士警惕地站

倔强的青春

在一个土堆上，观察着四周的动静。

月光越发黯淡，炮声渐渐远去，荒野中传来蛙鸣和蟋蟋的叫声。那军官掏出了一盒烟，自己点上一支，大胡子和几个俘虏过来也分了一支点上，红红的烟头映着每个人的脸。

细伢子还在小声地哭着，伸出袖子一把把擦着眼泪。嘴里嘟囔着，我想家了，我想我娘，我不想去死。大胡子大口吸着烟，用手紧紧搂着他的肩膀。

短暂休息后，小战士示意俘虏们继续前进，他们走进一片草地，月光下面到处都是一片片白晃晃的水洼。突然细伢子冷不防地向几十米外的树林里奔跑，小战士见状大喊，回来！回来！惊恐万状的细伢子一直向前狂奔。

小战士端起卡宾枪，立正准备射击。只听"哎哟"一声，细伢子喊了一嗓子人就倒了，小战士收起枪冲了过去，跑到近前，见细伢子整个身体陷进了沼泽，泥浆陷没到了胸口。小战士把枪扔掉，俯下身子伸出手拉住细伢子的手，细伢子仰着头双手乱舞，小战士被细伢子一下子拽进了沼泥，两个人都陷了进去。

俘虏们开始惊呆了，谁都不敢靠前。那三角眼军官从地上抓起枪，对俘虏们说，还不快跑。说着转身就跑，有几名俘虏紧随着。

别跑！大胡子老兵吼了一声，你们能跑哪去？都回来！那几个人都停住脚步，诧异地望着大胡子。

第三辑　流光溢彩

大胡子用命令的口吻说，把腰带都解下来，连在一起系牢。

在他的喝声中，俘虏们纷纷地解身上的皮带，那几个想逃跑的俘虏，也返回身把腰带解了下来。

细伢子和小战士使劲仰着头，他们身体只要一动就会向下沉，泥浆快要淹没了他们的嘴。腰带系在了一起，大胡子让其他俘虏拿着一头，自己把另一头缠在手腕上，匍匐了几米用手紧紧拉住了小战士的右手腕，大胡子喊，细伢子攥着他的左手，

小战士用手拉住了细伢子的左手，

拉！

大胡子扭头喊，俘虏们一起使劲地拽皮带，三个人的手紧紧地握住，皮带一步步地收紧把两个人从沼泽里生生地拖了出来。小战士喘着气仰望着夜空，望着大胡子老兵和那些俘虏们，点了点头露出了一丝微笑。

"呯"的一声枪响，一颗子弹打在了小战士的肩头上，三角眼的枪口冒着烟，满脸的狰狞。他正要继续射击，大胡子和几个俘虏过去就把他的枪夺过来，把他打倒在地上。

队伍又开始了前行，细伢子端着卡宾枪，押着三角眼军官走在最前面，大胡子老兵的背上背着负伤的解放军小战士，后面的人紧紧地跟成一排。天上升起了启明星，他们向着东方一直前进。

清　明

我不去呀！不给他添麻烦，你看你舅舅舅妈对我这么好，用八抬大轿抬我我也不去。我还得给你四舅、五舅盖大瓦房娶媳妇呢……

我躺在被窝里问："姥姥，秦琼为什么卖马呀？"

姥姥用右手掖了掖被角，搂紧我，不让屋内的冷气钻进棉被。

"因为秦琼病了呀！他没钱住店，没钱看病，只有把黄骠马卖了。"

"他怎么不把他那双熟铜锏卖了呢？"我好奇地又问，脑子里不禁浮现电影般的画面，同学狗蛋的爹用榔头咣咣地砸碎收来的破电机，我问过黑蛋："你爹为什么把好好的电机砸了呀？"黑蛋说："我爹是要里面的铜，铜可贵着呢，可以卖个好价钱。"

由此可见，铜是比铁比猪肉更贵的东西。

姥姥笑了，轻轻地用手拍打着我的后背："那熟铜锏是他的防身武器，卖了武器他怎么防身呀！"

我心中还是很难理解，熟铜锏不卖，那黄骠马卖了多可怜呀！

后来我默默地睡了。

第三辑 流光溢彩

那年我才7岁，我的姥姥60岁。

我们农村那时的孩子都喜欢住姥姥家。姥姥都疼外孙子，宠着你娇惯着你，舅舅们拿你当小宝贝。

每次来姥姥家，姥姥就给我做好吃的。晚上给我讲我在母亲那里听不到的故事。譬如隋唐演义、岳飞传等等。

十七岁那年，我趴在铺着凉席的炕上问白发尽染的姥姥，舅老爷都是将军了，接你去城里享福，你咋不去呀？

姥姥唯一的兄弟早年参加八路军，新中国成立后任军校的校长。姥姥听完，用蒲扇给我扇着蚊子，半侧着身子倚在被子上。

"我不去呀！不给他添麻烦，你看你舅舅舅妈对我这么好，用八抬大轿抬我，我也不去。我还得给你四舅、五舅盖大瓦房娶媳妇呢。"

我眨了眨眼睛，冒冒失失地问："姥姥，你想姥爷不？"

姥姥停住蒲扇，沉思了几分钟。"想呀！你姥爷呀，人实在穷，命苦，那年头没吃没喝拉扯这么多孩子多不容易呀！"

我望着姥姥眼睛，她的眼神显得那般深邃和平静。

姥爷五十多岁去世，把一个沉重的家压在了姥姥身上，在那个瓜菜代粮的年代，姥姥纤弱的身子，养大几个孩子多不容易。

倔强的青春

我结婚的那年，脚下是姥姥给我纳的千层底的布鞋。妻穿的红绣鞋，也都是姥姥一针一线缝纳出来的。

我和妻子恭敬地给姥姥磕喜头。姥姥的嘴笑得合不拢，掏出一张百元大票，递过来。

我说："姥姥您别给了，我们该给您磕呀！"

"拿着，看你们都长成人了，我心里高兴呀！外孙也出息了。以后多孝敬你妈，少让你爸生气，两口子好好过日子。"

我点着头，心里一阵阵热浪翻滚。

这时的姥姥，子孙满堂，重孙子都会喊太太了。

这年冬天真的很冷很冷，我蜷缩在地上，地上棉毡子太薄，我把双手枕到头下，对身边的姥姥说："姥姥，你别惦记着小辈们，现在我五个舅舅生活都很富裕，二姨身体也比去年强了，老姨退休了，日子也过得都顺顺当当。我知道你想我妈，妈一走对你打击很大，你接受不了呀！是我们没有尽到儿女的责任，让您跟着辛苦。

"我们失去了母亲，唯一能依靠的就是您了，我们想啊，有姥姥就有个家呀，有您在我们就都是孩子呀！可是老天怎么这样对待我们呢？姥姥你说老天是不是也不公平呢？"

姥姥听着我的话语，一动不动。

我说："姥姥，这世间真有因果轮回吗？"

"肯定有的，记得小时候你给我讲如来佛祖大鹏鸟转世，变成岳飞，那大鹏鸟能变成岳飞，姥姥我是什么变的呢？"

姥姥不说话，我自言自语："你对我说，我是泥人变的，因为我身上脏兮兮的，人都是女娲娘娘用泥捏的，所以身上永远都有泥，姥姥你是泥人吗？你不是，你就是我姥姥，这辈子是下辈子还是。"

我说完翻了下身子，姥姥还是平躺着不理会我。我用手碰了碰姥姥的身子，说姥姥你醒醒："给我再讲故事，团元宵，缝衣服。"

姥姥不会再回答我。

我站起来，缓缓掀开姥姥脸上遮面的纸钱，我那一生含辛茹苦的姥姥微闭着双眼，睡得那么安详。

灵前供桌上檀香缭绕，烧纸灰飞。

我看了看墙上的日历，农历腊月 17。

姥姥享年 91 岁。从那天开始，我时常怀念她。

圆 月

"你六叔也在圆月了。"每到月圆之夜，三奶奶总是满怀欣慰地对孩子说……

一轮明月在深色的天空中敞开笑颜，这时的大地一片洁白，像是披上了一层柔美的轻纱。夜空的星星都不知道躲到哪里去了。孩子静静地坐在院子中央的石桌旁，

倔强的青春

看三奶奶摆好苹果、橘子和月饼,然后点上三支清香。三奶奶孱弱的身体显得虔诚和肃穆。她双手合十嘴里振振有词,无非是愿我儿平平安安,早日回来娶妻育子等等话语。一整套的事情做完后,三奶奶就转回身来给孩子分享水果和月饼。

那孩子嘴里吃着东西还不知深浅地问:"三奶奶,我六叔什么时候回来?"

三奶奶就乐呵呵的:"快了快了,你六叔在部队里忙国家建设呢,哪能说回就回!"

孩子的六叔参军了,一去三年始终没有探过家。三奶奶那时已经七十多岁,她撑着个多病的身体,天天盼日日念儿子回家。

孩子也想念六叔。黑脸膛的六叔穿上绿军装特威风,让他艳羡不已。六叔还和村里的蜡梅处对象,退伍后两个人就结婚。六叔参军的前一天夜里,孩子看到六叔和蜡梅去了西场。孩子躲在后边,藏在麦垛后边偷看,看六叔搂着蜡梅,还用嘴去咬蜡梅的脸,那蜡梅也不喊疼,这就让孩子百思不得其解。后来孩子无数次在那个麦垛下偷偷地想,直到自己长大才想明白。

六叔参军后,腊梅经常到三奶奶家来,会给孩子捎来好多好吃的糖果。孩子想,六叔回来自己就可以吃到蜡梅的糖果了。

三奶奶想儿子时,就让孩子读六叔的那封很简短的来信。

第三辑　流光溢彩

娘：

　　您好！

　　儿很想念您。部队正保卫国家边防，所以儿不能回家探望您。如果您想念您的儿子，就在月圆的夜晚想念我，因为您的儿子也会在千里之外的圆月之夜，就会听到娘的声音看到娘的笑容。

　　愿您健康长寿。

儿　文才
一九六七年农历正月十五夜

　　"你六叔也在望月亮了。"每到月圆之夜，三奶奶总是满怀欣慰地对孩子说。

　　孩子不清楚六叔在部队里怎么样望月，会不会也能吃上水果和月饼。孩子天真地望着三奶奶布满了笑容的脸。

　　就在这时一个熟悉的身影走进院子，孩子欢快地喊："三奶奶，蜡梅姑来了。"

　　三奶奶亲热地拉着蜡梅的手，问长问短。孩子发现蜡梅姑没有给他捎糖，而且神情上有些心不在焉，眼里水汪汪的像是哭过。肯定是哭过才来这里的，因为哭过的眼睛会很亮，孩子想。

　　三奶奶问蜡梅："六来信了吧？"

　　蜡梅沉吟了会儿说："来了。"

　　三奶奶表情有些不愉快，是嫌六叔不给她写信了。蜡梅赶忙说："六子在部队很好的，他给您写的信在我

倔强的青春

那儿，我着急过来忘记带了。"

三奶奶面上平静了些："那六子说啥时候回来，部队的事情忙完了没有？"

"您别急，六子，快回了。"

孩子看到，蜡梅姑犹豫着回答完，扭转身子偷偷地擦了下眼睛。

从那天以后蜡梅来三奶奶家里更勤了，有时就给孩子捎来糖果。孩子吃着糖时，还在反复思考，怎么六叔来信，蜡梅姑还伤心呢？

日子一年年浮云流水般过去，还不见六叔回来的迹象。三奶奶越发地焦急，见人就问："俺六子多会儿回来呀？"大人们见了她都很紧张，都在故意躲避着她。

那天三奶奶找到村主任家："他大哥呀！你这村干部得往部队打听打听，小六子咋还不回来和蜡梅成家呀？"

村主任吭吭哧哧地说："婶子，小六部队很远着哩，正忙着国防建设呢，我问过了上头，你就安心地等着呗。"

三奶奶就耐心地等着盼着，身子骨一天不如一天，蜡梅就住过来伺候三奶奶。三奶奶躺在炕上对蜡梅说："丫头苦了你了，俺估计六子把咱娘俩忘了，你找个好人家嫁了吧！"

蜡梅不吱声，黑眼圈里就扑搭扑搭地掉眼泪。

又是个月圆之夜，薄雾似的月光透过窗棂，照在三奶奶的脸上，她仍在兀自言语："我的六儿，月亮又圆了，娘等你回来呀。"

三奶奶又撑了半个月后去世了，她始终闭不上双眼，大家明白她仍然在惦记着六叔。蜡梅从怀里掏出一张折叠整齐的油纸，打开放到三奶奶胸口上。

那是一张革命烈士证书，上面写着：吕文才烈士，男，共青团员，1966年4月参军，53231部队战士，1967年12月牺牲在援越战场，终年21岁。

蜡梅姑半年后嫁到山外去了，当时她已经三十岁了。我再也没有吃到她的糖果，我时常回忆起对着圆月卑躬作揖的三奶奶，怀念在援越抗美中牺牲的六叔。

指导员蔡晓明

副连长点了下头。我唯一的妹妹，今年恢复高考考上辽宁大学了。说完脸上本来喜悦的表情，愈发凝重了……

收复老山战斗后的第五天，从军部派到三连一名指导员，姓蔡，小个，脸皮白净，说话文绉绉的，细声细气，听小道消息说上头有人，下基层到作战单位锻炼一下。这就让连长郭大彪挺不得劲儿，郭大彪大个，河北藁城人，1976年入伍，由战士到代理排长到连长，作风硬脾气直。俗话说强将手下无弱兵，连长不是孬种，手下的

倔强的青春

兵打起仗来不要命。

蔡指导员来到连部的第二天，郭连长想人家是上边派下来的，怎么也得搞个欢迎宴会，作战期间安排就不奢侈了，起码在营房里弄几个肉罐头再整四个菜。结果，这边郭大彪刚讲完几句欢迎致辞，562高地那边就传来轻机枪扫射声，郭大彪拿步话机就呼叫562高地，那边回答几句就没音了，老郭脸上汗珠子唰地掉了下来。

就看蔡指导员一溜小跑出了指挥所，蹬上高土岗上拿着望远镜向562方向观察几分钟，说，郭连长，你下命令吧，让三排预备队支援562，我带一排两个班从542右侧穿插过去，拦腰斩对方一刀。

三个小时后，562高地恢复通讯，敌人整营建制的冲锋被打退，死伤七八十人。老郭回来听副连长说蔡指导小个头，够狠。端着冲锋枪上跃下跳，是个不怕死的主儿，不愧是将门之后。副连长是东北人，语气重脸上表情丰富，从他言语里足以证明新来的蔡指导员是个牛人。牛，副连长说这字的时候，带着百分之百的敬佩。

三连因为防守阵地是整个防线的突出部，就像个插进敌方的楔子，敌方要占领阴山，首先要拔掉这三个高地。所以三连防线至关重要，作为一连之长的老郭更不能掉以轻心，他对三连官兵的口头禅就是"高地在三连就在，高地不再三连也就不在了"。

战斗前夜，老郭和指导员、副连长检查543高地下来时，天上刚出星星，三个难得有机会在一起说会儿话，

> **第三辑　流光溢彩**

老郭又说了几句阵地上的事儿，讲完后掏出香烟来就和副连长开始东拉西扯，指导员不吸烟，也不爱说话，拿柄枪刺在地上划拉大字，有模有样的。老郭瞥了一眼，就问，你这是书法？指导员没抬头，嗯了一声，练着玩会儿。副连长比老郭强，看出点门道，蔡指导，你这是柳体？嗯，指导员抬了下头。自言自语又像是回答副连长的话，我是浙江兰亭的，王羲之故里，我才练。说完自谦的话，那被烟火熏黑的脸上泛出些许微红。

老郭感觉这个蔡指导还挺自恋，他对书法没兴趣，老郭掏出钢笔把怀里一个月前的信掏出来撕碎了，然后又在墙角挎包里拿出纸写新内容。副连长看到老郭写信，也扭头找张桌子拿笔给家写信。等老郭写完了，抬头看蔡指导正半躺在床上看书。再看副连长那边写好的信放在一旁，手里拿着张照片在凝神地瞅。

老郭凑过去一看，是副连长全家福，前排坐的是他六十多岁的父母，后面是副连长和一个女的，老郭知道副连长还没成家，农村人，和自己一样被破格提干。家里日子过得艰难，自己舍不得花钱，工资一下来就给老家汇回去，把自己的婚事也耽误了。

这是你妹妹？

副连长点了下头，我唯一的妹妹，今年考上辽宁大学了。说完脸上本来喜悦的表情，愈发凝重了。

老郭明白，作为一名身在疆场的战士，随时面临负伤牺牲，身外就是翘首期盼平安归来的妻儿爹娘。

倔强的青春

老郭站起来重重地拍了拍副连长的肩膀，好兄弟，我走前面了，我的爹妈老婆孩子是你的，你真怎么样了，你的亲人就是我的亲人。

蔡指导也放下书凑过来，从一排长手里拿过照片仔细地端详了。

晚上九点，三个高地同时枪声大作，730战斗全面打响。老郭和蔡指导员，副连长二话没说，分头带着突击战士上了各自负责的高地。后来有战地记者描述此次战斗用了六个字：残酷到了极致。六个小时后天亮。三个高地十分钟内先后向指挥部报告：高地在我手中。一排长壮烈牺牲，指导员重伤，郭连长仍在指挥战斗。

两年后，老山前线拉锯战开始后，三连负责的高地由北京军区所属部队接防。连长下山后的第一件事，就是去麻栗坡烈士陵园看看自己的兵，再看看副连长。

老郭注视着一块块墓碑，泪流满面，想起一张张年轻带着稚气的脸庞，那些和自己枪林弹雨再也唤不醒来的兄弟们，心绪难平。站在副连长墓前，郭大彪庄严地敬了个军礼。

郭连长回家里待了两天，就有些坐不住，立不住。爱人看着他毛躁样儿就知道有什么事儿，就问他怎么了？老郭也不隐瞒一五一十地把副连长家里的事儿和爱人说了，你要觉得多俩老人多个妹子不麻烦，那咱俩现在开车就把副连长的家人接过来。爱人挺开通，二话不说收拾了一下，就跟着老郭走了。一天一夜后，俩人翻

第三辑　流光溢彩

山越岭地来到了一排长的家，小山村不大，百十户人家，是个小行政村，村主任也是个痛快人，一听说部队上来人了，热情得要命，见面和老郭唠上了，这一打听，老郭才知道副连长的两位老人半年前就被人接走了。老郭纳闷了，问谁接走的。村主任说，副连长的妹夫。姑爷人挺好，个头不高，长得好看，就是普通话说得不怎么顺。旁边有人插言，人家刚处对象，还没说结婚吧。没结婚也是姑爷。村主任瞪了旁边人一眼。老郭听完脸上有些挂不住，怪自己晚了一步。

郭连长就问村主任，这个副连长的妹夫留了联系方式了吗？

村主任说留了，怎么不留呢，这小山村能出是个官的姑爷多有面子，以后村里万一捐个款扶个贫什么的，怎么也用得着。

郭连长就拿村里的电话机联系对方的电话号码，还不错，响了三声，那头接了。老郭说您是王世英（副连长）的妹夫吧？

那头说，是呀，我是。

那边一说话，老郭耳朵嗡了一声，怎么这么熟？

你谁？老郭声音分贝明显提高了不少，震得屋子咣当咣当的。

我是蔡晓明。

老郭一听劲头上来了，嘴头子就放开了。

好你个蔡小个子！

拜 年

武安换了一身西服，说，娘，我先去风春大伯家看看，不知道两个老人这年准备得怎么样……

启明星刚刚挂起的时候，夜色依旧墨一般的深沉，已经有起早的人家点燃了爆竹，爆竹的光亮将黑漆漆的夜色撕开又闭合。这时武安的吉普车才一路颠簸着驶进了村子，车停到了自家门前，武安从车上卸下大包小包的年货。大门敞开了，娘从院子里蹒跚着迎了出来，一脸的慈笑。武安喊了声，娘。

累吧，快进屋，快进屋。娘说着拍打着武安身上的灰尘。

爹也从屋里咳嗽一声，踏出门，这么晚了，还赶回来干什么？

言语带着怨责，却掩饰不住心里的欣慰。

忙了一年，怎么也得陪你们二老过年，这工地上事情多，才把民工的工资开了，完了事这就急着赶。

着什么急，不就是个年么？

爹兀自责怪着。

娘拉着武安的手进了屋，饺子开始下锅，武安连忙打水洗脸。

第三辑 流光溢彩

开车多少钟头？爹打开一包武安捎来的香烟，点上一支。

五百公里，开了七八个小时，就是咱们村这十几里路不好走。

爷俩一句一句地唠着，娘锅里的饺子也就热气腾腾地上了桌。

累了不？要累就别去逛街了，在家躺着。娘关切地问。

大小伙子家，碍着什么？不到各处拜拜年哪成，显得我们老武家有钱了不懂事。爹的语气很满足，尤其有钱两个字说得口气重。

娘瞥了爹一眼。

武安说，没事，娘，难得回一趟村，大过年的，也得给乡里乡亲问个好，见个面。

一家三口围着炕桌，吃着饺子，有滋有味。

武安在省城领着民工们搞建筑，一年四季，开春走年根底回，轻易不家。

村里有大年初一邻里街坊拜年的风俗，给村街上年纪辈分高的人拜个年，问个好。这家家户户谁不想沾个吉利福气。

三口人吃完饭，娘就收拾屋子，天开始现出了鱼肚青色，街上依稀见有人相互走动了。

武安换了一身西服，说，娘，我先去风春大伯家看看，不知道两个老人这年准备得怎么样？

倔强的青春

去他家干什么？没良心就没好报。娘一脸的怨气。

去，安子，得去看看风春大伯去，虽然他们家做人做事不地道，但咱老武家的人得让老乡亲爷们说不得咱半个"不"字。

哎，武安答应了一声，瞧了娘一眼，出了院子，从车行李箱里拿出一挂腊肉榛蘑什么的。

武安走到街上的时候，和村里人打着招呼。

武安，安子，安子叔，回来了。

回来了。

武安亲热地和村里人打招呼。

风春大伯家的大门紧闭着，门前异常冷清。连燃放爆竹的意思都没有，武安推了推门，木头大门紧紧插着。

武安拍了拍门。

街上有人看到武安，就喊，武安，别拍了，估计没人开，这家人还有脸见你呀？

武安招了招手，示意对方别说了。

武安站了会儿，听到里面打开门闩的声音，谁呀？

春娘，我安子呀！

安子呀！回来了呀？

回了？给您拜年来啦！

安子，免了吧，免了吧，你大伯身体有些不得劲，今年就免了吧，

大伯身体怎么啦？那我更得进去看看。

里面的风春大娘欹歔着。

第三辑　流光溢彩

是安子吗？

风春大伯在里屋出来，来到院子里。

哎，是我，大伯。

门打开了，风春大娘的眼角是湿的，武安一脚迈进去，扶着大娘进了屋子。

风春大伯拄着根拐棍，低着头坐到炕沿上。风春大娘擦了下眼，就去给武安沏水。

武安将年货放到锅台边，看到饺子在盖垫板上还没有下锅。

春娘，怎么还不煮饺子呀？

孩子，难得你有心还给我捎东西，快给你爹你娘拿回去，我们受不起，吃了你的花了你的，到最后还是闪了你，俺们这心窝子不得劲。

大伯，瞧你说的。我和樱子那是缘分的事情，她能找到个好人家是她的福气。

风春伯眼圈也红了，樱子这个没良心的，现在连个影子也不见，腊月初给家打了个电话，说和那个死老头子去海外做大生意，鬼知道在干什么。

安子，我看病的两万块钱，也暂时还不了你，你每年给大伯大娘买的肉酒也还不回你了，我们樱子对不起你，我和你大娘，来生变牛马还你。

大伯，武安心里一阵翻腾。大伯，大过年的，你瞧你总是说不吉利的话。

来我给你们煮饺子，说着出了屋到了院子抱起熟秸

倔强的青春

秆填锅做饭。

饺子下了锅，一碗碗端了上来。武安在门口点燃了一包红爆竹，脆声声地响彻一片。

武安把两位老人让到了上座。

大伯，大娘，过年了，还和往年一样，武安给你们拜年啦，

武安说着跪下磕头。